모파상의 시칠리아

작가가 사랑한 도시 05

모파상의 시칠리아

초판 1쇄 인쇄 _ 2010년 7월 1일
초판 1쇄 발행 _ 2010년 7월 10일

지은이 _ 기 드 모파상 | 옮긴이 _ 어순아

펴낸이 _ 유재건
펴낸곳 _ (주)그린비출판사 | 등록번호 _ 제313-1990-32호
주소 _ 서울시 마포구 동교동 201-18 달리빌딩 2층
전화 _ 702-2717 | 팩스 _ 703-0272

ISBN 978-89-7682-114-0 04800 978-89-7682-109-6(세트)
이 도서의 국립중앙도서관 출판시도서목록(e-CIP)은 e-CIP 홈페이지
(http://www.nl.go.kr/ecip)에서 이용하실 수 있습니다.(CIP제어번호:CIP2010002318)
책값은 뒤표지에 있습니다. 잘못 만들어진 책은 서점에서 바꿔 드립니다.

그린비출판사 나를 바꾸는 책, 세상을 바꾸는 책
홈페이지 _ www.greenbee.co.kr | 전자우편 _ editor@greenbee.co.kr

작가가사랑한 **도시 05**

모파상의 시칠리아

기 드 모파상 지음, 어순아 옮김

전율하고 싶은 욕망 없이,
영혼 속에 긴 여행에 대해 전율하는 갈망을 일깨우지 않고
빛을 볼 수 있는가?
―기 드 모파상

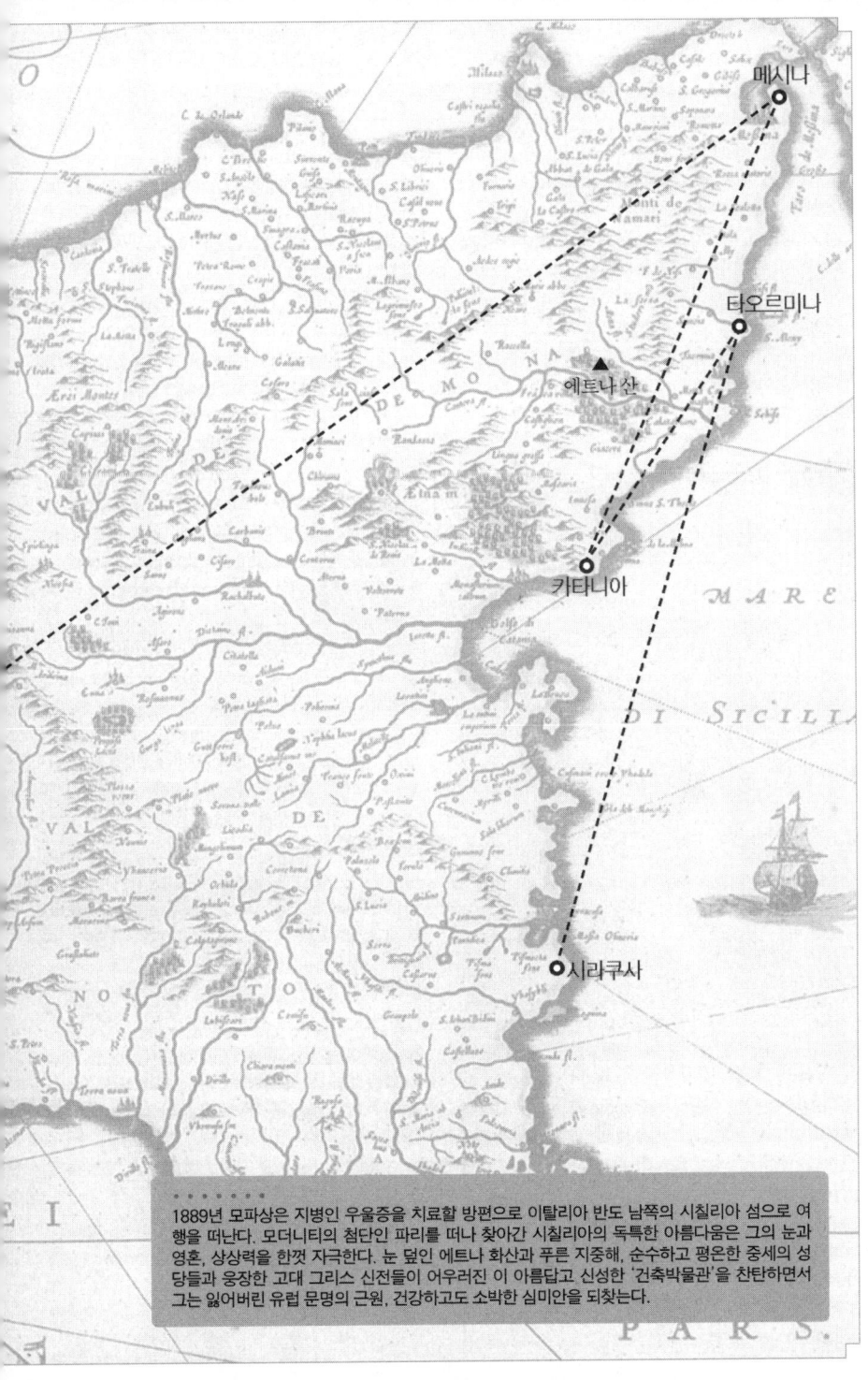

메시나

타오르미나

▲ 에트나 산

카타니아

시라쿠사

1889년 모파상은 지병인 우울증을 치료할 방편으로 이탈리아 반도 남쪽의 시칠리아 섬으로 여행을 떠난다. 모더니티의 첨단인 파리를 떠나 찾아간 시칠리아의 독특한 아름다움은 그의 눈과 영혼, 상상력을 한껏 자극한다. 눈 덮인 에트나 화산과 푸른 지중해, 순수하고 평온한 중세의 성당들과 웅장한 고대 그리스 신전들이 어우러진 이 아름답고 신성한 '건축박물관'을 찬탄하면서 그는 잃어버린 유럽 문명의 근원, 건강하고도 소박한 심미안을 되찾는다.

일러두기

1 이 책은 Guy de Maupassant, *La Vie errante*, 1890 가운데 모파상이 시칠리아 지역을 여행한 부분만 발췌해 옮긴 것이다.

2 본문 이해를 돕기 위한 옮긴이 주 가운데 인명과 지명 등의 간략한 정보는 본문에 작은 글씨로 덧붙였으며, 좀더 상세한 설명이 필요한 내용은 각주로 처리하였다.

3 외국 인명이나 지명, 작품명은 2002년 국립국어원에서 펴낸 외래어표기법을 따라 표기했다.

Sicilia

프랑스 사람들은 시칠리아를 여행하기가 어렵고 힘들며 위험하기조차 한 섬으로 알고 있다. 가끔 대담한 모험가로 알려진 여행자가 팔레르모^{시칠리아 주의 주도}까지 여행하고 돌아와서는 "그곳은 매우 흥미로운 도시다"라고 말하곤 했다. 그게 전부다. 팔레르모와 시칠리아가 대체 뭐가 재미있다는 것인가? 우리 고향 사람들은 그것을 정확히 알지 못한다. 사실 그것은 개인적인 취향일 뿐이다. 지중해의 진주인 이 섬은 관례적으로 사람들의 왕래가 잦은 지방도, 알고 싶은 호기심을 불러일으키는 곳도, 이탈리아처럼 매우 고상한 교육을 받은 사람들이 있는 곳도 전혀 아니다.

그럼에도 불구하고, 두 가지 관점에서 시칠리아는 여행자들을 끌어들이지 않을 수 없을 것이다. 왜냐하면 시칠리아의 자연적 미와 예술적 미가 주목받을 만큼 뛰어나기 때문이다. 우리는 이탈리아의 곡창이라고 불리는 이 땅이 얼마나 비옥하고 활기찬지 알고 있다. 마치 아름다운 처녀에 대한 열렬한 사랑으로 그녀를 소유하고자 서로 싸우고 죽이는 수많은 남자들의 격렬한 욕망처럼 여러 민족들이 번갈아 이 땅을 침략하고 점유했을 정도다. 이곳은, 스페인이 그러하듯이, 오렌지나무의 고장으로 봄에는 그 꽃향기만 가득한 곳이다. 그리고 매일 밤 바다에서, 유럽에서 가장 큰 화산인 에트나 산이 거대한 불꽃을 피워올리는 섬이다. 그러나 무엇보다도 꼭 보아야 할, 세상에서 유일한 땅인 이유로 섬 전체가 처음부터 끝까지 이상하고 신성한 하나의 박물관이라는 점을 들 수 있다.

오늘날 건축은 죽었다. 이 시대는 여전히 예술적이긴 하나, 돌로 아름다움을 창조해 내는 재능과 선으로 유혹하는 신비스러운 비밀과 유적물 속의 우아한 감각은 상실된 듯싶다. 우리는 한 벽의 독특한 균형이 예술적 환희의 감정을 영혼에 불어넣을 수 있으며, 렘브란트·벨라스케스·파올로 베로나[16세기 이탈리아 화가]의 걸작과 똑같이 비밀스럽고 오묘한 감정까지도 영혼에 불어넣을 수 있다는 사실을 더 이상 이해할 수도, 알 수도 없는 것 같다. 시칠리아는 북쪽 또는 남쪽에서 잇달아 침입한 번식력이 강한 민족들에 점유당하는 행운을 얻었다.* 그들은 정반대의 것들을 뒤섞어 예기치 않은 매혹적인 형태로 나온 아주 다양한 결실들로 이탈리아를 메웠다. 그리스와 이집트의 기념물이 넘쳐나던 시기에 아라비아의 영향을 받은 독특한 예술이 이 외딴 섬에서 태동하였고, 노르만족들이 침입하여 전파한 비잔틴 장식술과 장식품의 기막힌 기술은 고딕 스타일의 엄격함을 완화시켜 주었다. 이 탁월한 유적들에서 각 예술의 특별한 흔적을 발견하는 것은 달콤한 행복이다. 아랍 사람들이 들여온 뾰족한 첨두홍예Pointed Arch처럼 요철형 궁륭과 이집트에서 들여온 해양 동굴의 종유석 모양 장식과 닮은 삼각홍예 궁륭의 디테일을 구별한다거나, 노르만 왕족들이 약간 낮게 건축한 이 성당들 안에서, 한대 지방에 있는 높은 대성당에 대한 기억을 새삼 일깨워 주는 아름다운 고딕 양식의 프리즈frieze, 건축물의 내·외면이나 기구의 외면에 붙인 띠 모양의 장식물들과 순수한 비잔틴 양식을 구별하는 일들 말이다.

여러 시대와 다른 장르에 속함에도 불구하고, 같은 특징과 같은 성향을 지니고 있는 이 유적들을 보면서, 고딕식도 아니고 아라비아식도 아니고 비잔틴식도 아닌 시칠리아식이라고 말할 수 있다. 우리는 그것이 어떻게든 알아볼 수 있는 시칠리아 예술과 시칠리아 스타일로 존재한다고 단언할 수 있다. 그 스타일은 모

* 기원전 8세기 페니키아와 그리스의 식민지였던 시칠리아는 기원전 3세기 포에니 전쟁에 개입한 로마제국의 속주가 되었다. 로마의 멸망 후에는 반달족·동고트족·비잔티움 제국의 통치를 받다가 827년부터 200여 년간 튀니스의 아랍인들에게 지배당했다. 1072년에 노르만족이 수도인 팔레르모를 정복하여 시칠리아 왕국을 세운후 노르만, 비잔틴, 이슬람 양식이 공존하는 번영을 누리며 영토를 나폴리까지 확장했다. 13세기 전반 신성로마제국의 독일 호엔슈타펜 가문인 프리드리히 2세가 시칠리아 왕국의 국왕이 되었다. 이후 프랑스 앙주 가(家)의 샤를 1세가 왕위에 올랐으나 1282년 이후로 민중반란이 계속되다가 1412년 스페인 아라곤 가의 페드로 3세가 왕위를 계승했다. 18세기에 부르봉 왕가의 지배를 받다가 19세기에 가리발디가 일으킨 이탈리아 혁명을 통해, 1861년 하나의 공화국으로 통합된 이탈리아 왕국에 편입되었다. 1947년 시칠리아는 지방자치권을 얻었다.

든 건축 스타일 중에서 가장 매력적이고 다양하며, 제일 빛깔이 선명하고 상상력이 풍부하다고 확신할 수도 있다.

사람들이 남달리 아름다운 풍경의 한가운데에서 유례없이 훌륭하고 완벽한 고대 그리스 건축물의 유형을 다시 발견하는 곳 역시 시칠리아이다.

나폴리에서 팔레르모까지 가로지르는 제일 쉬운 방법으로 시칠리아에 도달했다. 배에서 내리자마자 나폴리보다는 차분하지만 상점과 소음으로 가득찬 인구 250만의 이 도시가 지닌 활기와 쾌활이 넘쳐나는 생동감에 놀라게 된다. 먼저, 우리는 첫번째로 발견한 짐수레 앞에서 멈춰섰다. 노란 바퀴들 위에 작은 사각형 박스가 높이 올려진 이 마차는 소박하면서도 기묘한 그림으로 장식되어 있다. 그 그림들은 역사적이거나 특별한 사건들, 여러 민족들의 모험, 전투, 통치자의 회담, 특히 나폴레옹 1세나 십자군의 전투 장면들을 묘사하고 있다. 나무와 철로 된 독특한 조각은 그 상자들을 굴대차축 위에 지탱해 주고 있고, 마차의 바퀴살들은 정교하게 세공되어 있다.

마차를 끌고 가는 짐승은 머리에는 방울술을 달고, 등에도 또다른 방울술을 달고 있었다. 그것은 또한 알록달록하고 요염한 마구를 쓰고 있었는데, 그 마구는 자질구레한 방울들과 일종의 붉은색 양모조각들로 장식된 것이었다. 알록달록 칠해진 이 마차들은 낯설고 서로 다른 길들을 지나가면서 시선을 끌고, 흥미를 유발시키면서 우리가 어떻게든 풀어 봐야 하는 수수께끼 놀이를 하듯이 움직인다.

팔레르모의 형상은 매우 독특하다. 간헐적으로 붉은 색조를 띠는 청회색의 헐벗은 산과 그 광대한 원곡 한가운데 위치한 이 도시는 중앙에 직각으로 교차하는 두 개의 큰 직선도로에 의해 네 지역으로 구분된다. 교차로에서 보면, 저 아래 집들이 밀집한 회랑지대의 끝에서부터 삼면으로는 산이 보인다. 네번째 면으로는 마치 이 마을이 바닷속으로 떨어졌던 것처럼 보일 정도로 매우 가까이에 강렬한 파란색 색채의 바다가 보인다. 도착했던 그날부터 한 가지 욕망이 내 머릿속을 떠나지 않았었다. 사람들이 나에게 불가사의 중에서도 최고의 불가사의라고 말했던 팔라티나 성당을 보고 싶었다.

인간의 머리로 꿈꿔져 예술가의 손으로 제작된, 세상에서 가장 아름답고 경이롭고 훌륭한 종교적 건축물인 팔라티나 성당은 노르만인들이 세운 고대의 거대한 요새, 노르만 궁전 안에 있다. 이 성당은 밖에서는 전혀 보이지 않는다. 성 안으로 들어가면 제일 먼저 기둥들로 둘러싸인 내부 궁정의 우아함에 매료되게 된다. 오른쪽으로 선회하는 아름다운 계단에서 뜻밖의 드넓은 전망이 펼쳐진다. 출입구 앞에서 궁전 벽을 뚫고 멀리 시골길로 향하는 또 다른 문을 열면 갑자기 좁고 깊은 지평선이 펼쳐진다. 이 궁륭형 구멍을 통해서 들여다보면 끝없이 펼쳐지는 나라

속으로, 무한한 꿈속으로 영혼을 던져 버릴 듯하다. 저 아래 저 멀리, 멀리 거대한 오렌지나무 지대 위로 푸른 산봉우리가 펼쳐진다.

성당 안으로 들어갔을 때, 우리는 미처 이해하기도 전에 감내해야 하는 권력을 지닌 어떤 놀라운 사물 앞에 서 있는 것처럼 압도당했다. 상상할 수 있는 가장 절대적인 걸작인 이 작은 성당이 발산하는 붉은빛의 은은하며 강력하고 매력적인 아름다움은, 황금색의 거대한 모자이크로 치장한 벽 앞에 서 있는 사람을 꼼짝 못하게 한다. 이 성당은 은은한 빛을 내며 어두운 조명으로 기념물 전체를 밝히면서, 우리를 불의 하늘 아래 세워 놓고 예수 그리스도의 인생에 연루되었던 모든 것을, 성서 내용이나 우리가 본 신적인 풍경 속으로 즉각 우리의 생각을 끌어들인다.

이러한 시칠리아의 유적물들이 매우 강렬한 인상을 주는 것은 바로 건축예술보다 한눈에 더 끌리는 장식예술에서다. 선과 균형의 조화란 다만 뉘앙스의 조화 안에 틀 지어질 뿐이다.

고딕풍의 대성당 안에 들어가면 엄숙한, 아니 거의 슬픈 감정을 느낀다. 규모는 웅장하고 위엄이 서려 있지만 매혹시키지는 않는다. 이곳에서 우리는 색채가 형태들의 아름다움에 첨가하는 거의 관능적인 무언가에 감동받고 사로잡힌다.

빛이 들어오지만 어두운 이 성당을 설계하고 건축한 사람들은 분명히 독일이나 프랑스 성당의 건축물과는 아주 다른 종교적 정서의 이념을 지닌 것 같다. 그들의 특별한 재능은 그토록 경이롭게 장식된 중앙홀 안에 햇빛이 들어오게 하는 것을 불안해했다. 즉 빛이 우리가 느끼지 못하고 전혀 볼 수 없는 방식으로 교묘하게 벽에 스며들거나 신비하고 환상적인 효과를 내는 방식으로 들어오도록 해서, 성벽 그 자체가 빛이 되거나 사도들이 사는 거대한 황금빛 천국이 되는 방식으로 중앙홀의 채광이 이루어지도록 신경을 썼다.

세 개의 중앙홀이 있는 작은 예배당인 팔라티나 성당은 노르만 고딕 스타일로, 1132년에 루지에로 2세Ruggero II가 조성한 것이다. 길이 33미터에 너비 13미터에 불과해 하나의 장난감 같은 이 성당은 바실리카식 건축*의 걸작이다.

전부 다른 색깔로 기막히게 멋진 두 줄의 대리석 기둥을 따라가면 둥근 천장 아래에 다다른다. 거기서 날개를 펼친 천사들로 둘러싸인 거대한 그리스도를 바라본다. 왼쪽 측면의 예배당 바닥에 그려진 모자이크가 인상적이다. 사막 속에서 복음을 전하는 세례 요한의 모자이크다. 열렬한 신앙 기간 동안에 영감을 받은 한 예술가, 즉 퓌비 드 사반벽화를 전문으로 한 19세기 프랑스 인상주의

---

* 바실리카는 본래 고대 로마에서 재판소나 상업 회의소 따위로 사용되었던 직사각형의 집회소를 가리키던 말로, 정면에 고단(高壇), 중앙에 채광(採光)용의 네이브(nave)와 좌우에 측랑(側廊)으로 구성된다. 초기 기독교 성당의 주요 건축양식이 되어 이후 로마네스크 및 고딕 건축 양식의 기초가 되었다.

화가이 색채가 더 선명하고 강하며 좀더 순박하면서도 인위적이지 않은 화풍으로 그린 그림에 대해서 이야기하겠다. 사도는 몇몇 제자들에게 말하고 있다. 그 사도 뒤로는 사막이 있고 모래바닥 끝에는 푸르스름한 산들이 몇몇 있다. 은은한 능선들로 묘사한 이 산들은 동방을 돌아다녔던 사람이라면 누구나 알아볼 수 있을 것이다. 그 성자 위로, 성자 주위와 성자 뒤로 하느님이 나타나신 것 같은 기적의 참 하늘, 황금빛 하늘이 있다.

출구로 다시 나오다가, 정교하게 세공된 네 기둥으로 받친, 모자이크 무늬의 하얀색 대리석 프리즈로 둘러싸인 다갈색 대리석의 정사각형 설교단 아래서 멈춘다. 그리고 이런 취향을, 이렇게 적은 무언가로 한 예술가의 순수한 취향을 만들 수 있다는 사실에 감탄하고 만다.

이 성당들의 경탄스러운 모든 효과는, 대리석과 모자이크의 융합과 대립에서 온다. 그것이 바로 그것들의 특성이다. 작은 그림들과 돌로 된 섬세한 장식으로만 꾸며진 하얀색 벽들의 하단은 단순함을 취함으로써 폭 넓은 주제로 상단을 덮어서 꾸미고 있는 풍부함을 매우 두드러져 보이게 한다. 그런데 아래 벽 위로 다양한 색상의 레이스처럼 흐르는 세밀한 장식에서 손바닥 같은 형상의 크고 매력적인 요소들이 우리 눈에 띄었다. 이는 마치 두 마리 공작새가 부리를 교차시키면서 십자가를 받드는 모습이다.

팔레르모에 있는 여러 개의 성당에서 이 같은 장식들을 쉽게 볼 수 있다. 마르토라나의 모자이크는 팔라티나 예배당의 장식과 같은 종류의 장식으로서 더 뛰어나게 제작되었지만, 우리는 이 작품의 어떤 흐름 속에서도 유일한 신의 걸작품으로 만들어 주는 경이로운 조화를 발견할 수 없다.

나는 마을에서 가장 아름다운 정원이자, 경이롭고 진귀한 식물들로 가득찬 온대 지방의 정원 중에서 손꼽히는 정원 하나를 소유하고 있는 팔레르모의 호텔로 천천히 돌아온다. 한 여행객이 벤치에 앉아서 나에게 일 년 사이 겪은 모험담을 잠시 들려주었다. 그러고 나서 그는 과거의 이야기로 거슬러 올라가다가 도중에 다음과 같이 말했다.

"바그너가 여기 살 때였어요." 나는 놀라서 물었다. "뭐라고요? 이곳 말인가요? 이 호텔에서요?" "물론이죠. 그가 「파르지팔 *Parsifal*의 마지막 곡을 작곡하고 그 초벌 악보를 교정한 곳이 바로 여기랍니다."

나는 그 유명한 독일 거장이 겨울 내내 팔레르모에서 보냈다는 사실과 그가 죽기 몇 달 전에 이 마을을 떠났다는 사실도 알게 되었다. 다른 곳에서와 마찬가지로, 그는 이곳에서 참을성 없는 그의 성격과, 믿기지 않을 정도의 거만함을 보여 주었다. 그는 사람들 사이에서 최악의 사교성 없는 사람으로 기억되었다.

나는 이 천재 음악가가 사용한 방을 보고 싶었다. 왜냐하면

거기에는 그에 관한 무언가가 있을 것만 같았기 때문이기도 하고, 그가 아끼던 물건이나 좋아하던 의자, 그가 작업하던 책상이나, 그가 다녀갔던 것을 나타내는 어떤 흔적과 어떤 별난 버릇이나 혹은 습관의 징후들을 찾을 것 같았기 때문이기도 했다. 처음에는 호텔의 깔끔한 방 말고는 아무것도 보지 못했다. 사람들은 그동안 많이 변했다고 말해 주었다. 방 한가운데 대가가 작업하던 신성한 자리를 내게 알려 주었는데, 거기에는 금실 자수가 섞인 화려한 양탄자가 깔려 있었다.

나는 장롱의 유리문을 열었다. 감미롭고 강렬한 향기가 장미밭을 지나는 미풍의 애무처럼 퍼졌다. 나를 안내하던 호텔의 주인이 말한다. "바그너가 장미수를 적시고 나서 바로 이 장롱 안에 그 헝겊을 보관했답니다. 그 장미향은 지금도 전혀 사라지지 않았어요."

장롱에 갇혀 세상에서 잊혀진 채 고여 있던 이 장미 꽃향기를 들이마셨다. 그러자 바그너가 좋아했던 향기 속에서 그에 관한 어떤 것을 다시 발견한 것 같고, 한 사람의 사생활이 만든 이 비밀스럽고 사랑스런 습관들의 일상 속에서 그에 관한 무언가, 즉 그의 욕망이나 그의 영혼을 조금은 되찾아 본 것 같았다. 곧이어 나는 이 도시를 돌아보기 위해서 떠났다.

시칠리아 사람보다 나폴리 사람을 닮지 않은 사람은 아무도 없는 것 같다. 나폴리 사람들 속에서 우리가 만나는 사람들은 대부분 아직도 폴리치넬라옛 이탈리아 소극에 등장하는 어릿광대 같다. 그 폴리치넬라는 요란한 몸짓으로 행동하며, 아무 이유 없이 흥분하고, 말만큼이나 제스처가 풍부하고, 그가 말하는 모든 것을 흉내 낸다. 늘 익살스럽고 사랑스럽게 보이며 본래 성격만큼이나 꾀를 내어 우아하게 처신하고, 불쾌한 찬사에는 친절하게 대응한다.

그러나 시칠리아인에게서는 또한 많은 아랍의 혈통을 알아볼 수 있다. 그들은 이탈리아인에게서 매우 활달한 성격을 이어받기는 했지만 그래도 근엄한 태도를 취한다. 그 타고난 거만함과 칭호에 대한 집착, 그 자존심과 얼굴에서 풍기는 특징들은 시칠리아인들을 이탈리아인과 비슷한 만큼이나 스페인 사람과 비슷해 보이게 한다. 그러나 우리가 시칠리아에 발을 들일 때부터, 끊임없이 동양적인 인상을 깊이 주는 것이 있는데, 그것은 목소리의 음색과 길에서 떠드는 사람들의 콧소리이다. 북쪽 사람들은 가슴에서부터 입술로 소리를 올려 내는 반면, 시칠리아 도처에서는 얼굴 전면에서 목구멍 속으로 내려가는 것 같은 아랍인의 날카로운 목소리가 들려온다. 그리고 집에 열려진 문으로부터 늘어지는 듯 단조롭고 부드러운 노래가 흘러나온다. 그 리듬과 악센트 때문에 사막의 거대한 불모지를 횡단하는 여행객을 안내하는 백의의 기사가 부르는 노래와 아주 비슷하게 들린다.

예를 들어, 극장에서 시칠리아 사람은 완전한 이탈리아인이 되기 때문에, 로마나 나폴리 또는 팔레르모에서 공연하는 몇몇 오페라에 참석하는 것은 매우 열망할 만한 일이다.

이곳 사람들에 대한 인상은 겪어 보면 금방 확연히 드러난다. 지나치게 신경질적이고 민감한 만큼 예민한 청각적 재능을 타고났으며, 음악을 광적으로 좋아하는 군중은 감정적이며 비이성적인 전율에 떠는 야수처럼 보인다. 오 분 안에 군중은 열정적으로 박수갈채를 보내고 배우처럼 강렬하게 휘파람을 분다. 그들은 기쁘거나 화가 나서 발을 구르고, 가수의 목에서 틀린 음정이라도 삐져나오면, 동시에 모든 사람이 이상하게 짜증스러운 날카로운 소리로 고함을 지른다. 그들의 의견이 나뉘었을 때는 "쉿" 하는 소리와 환호가 뒤섞인다. 공연장에서 이 세심하고 예민한 관중에게 인지되지 않고 지나치는 것은 아무것도 없다. 이들은 끊임없이 감정을 드러내며, 때로는 갑작스러운 분노에 사로잡혀 사나운 짐승 무리라도 된 양 울부짖는 상태가 된다.

요즘에는 「카르멘」 *Carmen* 이 시칠리아 대중을 열광시키고 있다. 사람들은 아침부터 저녁까지 거리에서 그 유명한 '투우사의 노래'를 콧노래로 부르고 다닌다.

팔레르모의 거리에는 특별할 게 아무것도 없다. 부유한 동네는 거리가 크고 아름다우나, 가난한 동네의 거리는 좁고 알록달록한 동양 마을의 골목길과 비슷하다.

빨간색이나 파란색 또는 노란색으로 번쩍이는 천을 몸에 두른 여자들은 집 문 앞에서 잡담을 하면서 짙은색 머리칼 아래에서 반짝이는 검은 눈으로 사람들이 지나가는 것을 지켜본다.

가끔, 종교의 헌금처럼 영구적으로 작동하는, 국가에 고소득을 가져다주는 복권판매소 앞에서 우리는 전형적으로 코믹한 장면을 목격하게 된다. 정면에는 벽감 안에 성모 마리아상이 걸려 있고 램프불이 그 발 아래를 비추고 있다. 한 남자가 손에 복권을 들고 사무실을 나간다. 그는 동상 앞에서 작은 검정지갑을 열고 신성한 헌금함에 1수를 넣는다. 그리고 은혜를 기대하면서 막 성모 마리아로부터 추천받은 번호를 종이에 적고 성호를 그었다.

우리는 시칠리아를 가로지르면서 여기저기 상인들 앞에서 멈추곤 했다. 그러다 낯선 사진 한 장 위로 시선이 꽂힌다. 이상하게 옷을 걸쳐입은 죽은이들의 해골로 가득찬 지하실을 찍은 사진이다. 밑에는 "카푸친 작은형제회 수도원의 지하 묘지"라고 씌어 있다.

이게 뭐지? 만약 우리가 팔레르모의 주민 한 사람에게 이에 대해 물어 본다면, 그는 혐오감에 몸서리치면서 이렇게 대답할 것이다. "이 흉가를 보러 가지 마세요. 정말 끔찍하고 야만적이죠. 다행히 지금은 사라졌지만요. 하기야 사람들은 몇 년 전부터 더 이상 그 안에 사람을 매장하지 않아요." 더 이상 상세하고 정확한 정보를 얻는 건 쉽지 않았다. 그토록 많은 시칠리아 사람들이 이 기괴한 지하묘지에 공포를 느껴 본 것 같다.

그렇지만 나는 마침내 다음과 같은 사실을 알게 되었다. 카푸친회의 수도원이 세워진 그 땅은 죽은 시체를 너무나 잘 분해하는 독특한 특성이 있어서 1년 만에 검고 마른 살갗이 약간 찰싹 달라붙어 있거나 간혹 턱과 뺨에 붙어 있는 수염 말고는 더 이상 뼈 위에는 아무것도 남아 있지 않게 만들 수 있다. 사람들은 각각 여덟 구 또는 열 구의 미라가 놓여 있는 옆쪽의 작은 지하 묘소에 관들을 묻었다가 완성된 해에 관을 열고, 끔찍하게 수염만 떨고 있는 미라를 꺼낸다. 그 미라는 울부짖는 것 같기도 하고, 무서운 고통에 시달리는 것 같기도 하다. 주요한 회랑들 중 한 곳에 미라를 매달아 놓으면 가족들이 가끔 그것을 보러 온다. 이러한 건조 방식으로 보존되기를 원하는 사람들은 죽기 전에 신청한다. 그들은 가족이 연간 지불하는 보수로, 박물관 안에 유물을 보존하듯이 이 어두운 지하 속에 영원히 머물게 될 것이다. 만약 가족이 비용을 지불하지 않으면 사람들은 매우 간단하게 그 시체를 전통적인 방식으로 묻는다.

나는 즉시 이 음침한 미라 전시실을 구경하고 싶었다. 현대적인 형상의 작은 수도원 입구에서 갈색 옷을 걸친 늙은 수도사가 나를 맞이했다. 그는 이곳을 찾아온 이방인들이 보기 원하는 게 무엇인지를 잘 알고 있다는 듯이 한마디도 하지 않고 나를 앞장선다.

우리는 초라한 예배당을 건너 넓은 돌계단을 천천히 내려갔다. 돌연, 우리 앞에 넓고 높은 거대한 회랑이 나타났다. 그 회랑의 벽은 이상하고 기괴한 방식으로 옷을 입은 해골 무리들로 채워졌다. 어떤 것들은 나란히 공중에 매달려 있고, 또 다른 것들은 땅에서부터 천장까지 포개져 있는 다섯 개의 돌 선반 위에 뉘어 있다. 일련의 시체들은 촘촘하게 줄 지어 땅에서 세워진 상태이고 소름끼치는 머리들이 말을 하는 것 같았다. 어떤 것들은 흉칙한 식물들에 의해 부식되어 턱뼈와 해골들이 더 많이 변형되었고, 어떤 다른 미라들은 머리카락이, 어떤 것은 턱수염이, 또 몇몇은 수염 다발이 보존되었다.

이쪽 미라들은 텅 빈 눈으로 공중을 보고 있고, 저쪽에 있는 시체들은 아래를 보고 있다. 여기의 시체들은 잔인하게 웃고 있는 것 같고, 저기는 고통으로 인해 비틀거리는 것 같다. 모두 다 초인적인 격렬한 공포로 얼이 빠진 것 같다.

이 시체들, 보기 흉하며 기괴한 불쌍한 미라들은 이 무시무시한 전시회에 진열되기 위해 그들의 가족이 관에서 끄집어내어 옷을 입힌 것이다. 거의 모두 검은 원피스 종류를 입고 있었고, 간간이 그 옷에 딸린 후드를 머리에 걸친 시체도 있다. 그러나 사람들은 더욱 사치스럽게 입히고 싶었던 모양이다. 자수가 놓인 그리스식 모자를 씌워 주고 부유한 고리대금업자의 실내복을 입혀서 등 뒤로 펼쳐 놓는다. 이렇게 치장된 괴기한 해골이 잠을 자는 것 같은 모습은 공포스럽기도 하고 코믹하기도 하다.

그들의 이름과 사망 날짜가 기재된 증표는 밀봉되어 그들의 목에 걸려 있다. 이 날짜를 보고 등골이 오싹했다. 1880, 1881, 1882라는 숫자가 표기되어 있다.

그렇다면 여기에 있는 한 남자가 8년 전에는 살아 있었다는 말인가? 그 사람은 웃고 말하고 먹고 마시면서 기쁨과 희망에 가득 차 살고 있었을 터이다. 그런데 저렇게 되다니! 이렇게 두 줄로 세워진 수많은 존재들 앞에는 관들과 상자들이 쌓여 있다. 검은 목재로 만든 최고급 관에는 안을 들여다볼 수 있도록 작은 창유리가 구리로 부착되어 있다. 예전에 사람들에게서 이야기를 들었던 것처럼, 이 관들은 긴 여행을 떠나는 사람들이 시장에서 구입한 투박한 큰 가방 같아 보였다.

여기저기에 문이 열려진 다른 회랑들에는 이 거대한 지하묘지가 끝없이 길게 늘어져 있다. 이곳의 여자 미라들은 남자 미라들보다 더 우스꽝스럽다. 왜냐하면 사람들이 그들을 멋지게 치장했기 때문이다. 하얀색 레이스와 리본이 달린 모자들을 꽉 눌러 쓴 검은 해골들이 우리를 바라보고 있다. 모자들은 흙에서 발생한 이상한 성분 때문에 부패되고 좀이 쏠았다. 잘려 나간 나무뿌리와 비슷한 손들은 새로 만든 원피스 소매자락 밑으로 삐져나와 있으나, 아래쪽은 다리뼈들을 가둬 놓은 듯이 발이 보이지 않는다. 간혹 불쌍하고 메마른 발에 신겨진 아주 커다란 신발만 보이는 시체도 있다. 여기에 처녀들의 시체가 있다. 순결을 상징하는 금속 왕관을 이마 위에 쓰고 하얗게 몸치장을 하여 보기에 망측한 처녀 미라들이다. 사람들은 그녀들이 얼굴을 잔뜩 찌푸리고 있어서 너무 늙어 보인다고 말했다. 그들은 16살, 18살, 20살이었다. 얼마나 끔찍한가!

우리는 작은 유리관으로 가득 찬 전시실에 도착했다. 거기에는 아이들이 있다. 겨우 굳은 그 뼈들은 부식에 저항할 수 없었으리라. 사실 우리가 보고 있는 것이 무엇인지 우리는 잘 알지 못한다. 이 불쌍한 부랑아들은 변형되고 으스러져 그토록 끔직하게 변했다. 그러나 보는 사람들의 눈에서는 눈물이 흐른다. 왜냐하면 어머니들이 자식들이 생의 마지막 날에 입었던 작은 옷들을 그들에게 입혀 놨기 때문이다. 그리고 어머니들은 이렇게 다시 보러 온다. 그들의 아이들을!

종종, 시체 옆에 사진 한 장이 걸려 있다. 그 사진은 그가 살았던 때의 모습을 그대로 찍은 것이다. 이와 같이 둘을 나란히 놓은 대비, 이 같은 비교로 우리를 일깨워 준 상념들보다 더 충격적이고 무서운 것은 없다.

우리는 가난한 사람들을 보존해 놓은 것 같은 더 어둡고 더 낮은 회랑으로 건너갔다. 어두컴컴한 구석에는 약 스무 구가량의 시체들이 한꺼번에 천장 아래에 매달려 있다. 마치 극심한 호흡곤란 때문에 고통스러워하며 바깥 바람이 통하는 공기창으로 몰려 있는 것 같다. 그들의 발과 목은 묶여 있고 일종의 검은 삼베를 걸치고 서로서로 포개져 있다. 사람들은 그들이 떨고 있고, 도망치고 싶어서 소리친다고 말한다. "사람 살려!" 우리는 어떤 침몰한 배의 선원을 떠올렸다. 그는 폭풍을 만나서 비바람과 싸운다. 선원들이 폭풍우 속에서 붙들고 있던 갈색의 방수포 돛으로 몸을 감싸고 바다가 그들을 삼켜 버리는 마지막 순간에 공포에 떨면서 여전히 살려 달라고 손을 흔들고 있다.

여기 신부들의 영역이 있다. 얼마나 크고 명예로운 전시실인가! 첫눈에도, 검은색, 빨간색과 보라색으로 신성하게 치장된 그들은 다른 시신들보다 보기에 더 무서운 것 같았다. 그러나 그들을 하나씩 살펴보면서 이상하고 불길하게 코믹스러운 그들의 태도를 보게 되면 미묘하면서도 참을 수 없는 웃음이 엄습해 온다. 여기엔 노래 부르는 신부가, 저쪽엔 기도 드리는 신부가 있다. 사람들이 그들의 머리를 들게 하고 두 손을 포개 놓았다. 그들은 제식집행자의 모자를 앙상한 이마 끝에 쓰거나 익살맞게 귀 위에 걸치거나 코까지 눌러 썼다. 이야말로 성직자의 수사복에 금박을 입혀서 매우 우스꽝스럽게 보이는 죽음의 사육제다.

간혹가다 목에 연결된 끈들을 생쥐가 갉아서 머리가 땅에 굴러 떨어질 것 같은 미라도 있다. 수많은 생쥐들이 이 인간의 묘지 안에 살고 있기 때문이다. 사람들이 나에게 1882년에 죽은 한 남자를 보여 주었다. 그 유쾌하고 건강하던 사람은 죽기 몇 달 전에, 자기 자리를 선택하려고 친구 한 명과 함께 이곳에 왔었다. "나는 저기에 묻히겠소." 그는 웃으며 말했다.

그 친구는 지금 혼자 다시 와서 지정된 장소에서, 꼼짝하지 못하는 친구의 해골을 오랜 시간 동안 바라보며 서 있다.

어느 축제가 열리는 날에는 카푸친 수도원의 지하묘지들이 대중에게 개방된다. 한번은 어떤 술꾼이 이곳에서 잠이 들었다가 한밤중에 깨어났다. 그는 달아날 곳을 찾으면서 부르짖고 소리쳤으며 심한 공포로 미친 듯이 날뛰며 사방으로 뛰어다녔다. 그러나 아무도 그 소리를 듣지 못했다. 사람들은 문 밖으로 나가기 위해 오랜 시간 발버둥쳤던 철문의 창살에 매달린 그를 다음 날 아침에 발견했다. 그는 미쳐 버렸다. 그날 이후로 출입문 가까이에는 큰 자물쇠가 매달렸다.

이 음산한 방문을 마친 후에, 나는 꽃을 보고 싶은 생각이 나서 타스카 빌라에 갔다. 오렌지나무 숲 중앙에 위치한 그곳의 정원들은 감탄할 만한 열대성 식물들로 가득 차 있다.

팔레르모로 다시 되돌아오면서 내 왼편에 산 중앙에 있는 작은 마을을 바라보았다. 그리고 산 꼭대기 위에 있는 폐허를 보았다. 이 마을은 몬레알레이고 이 폐허는 카스텔라초Castellacio이다. 이곳이 시칠리아 산적들이 숨어 사는 마지막 피난처라고 사람들이 내게 말했다.

위대한 프랑스 시인, 테오도르 드 방빌은 『프랑스어 운율법

개론』을 집필했다. 두 단어의 운을 동시에 함께 맞추어야 한다
고 주장하는 모든 사람들은 이 운율법을 암기할 줄 알아야 한다.
이 훌륭한 책의 여러 장들 중에는 '시적 파격'Des licences poétique
이란 장이 있다. 사람들은 그 페이지를 펴고 읽는다. "없다." 마
찬가지로 우리가 시칠리아에 도착했을 때, 우리는 호기심으로
혹은 불안한 마음으로 질문한다.

"산적들은 어디 있나요?" 그러면 모든 사람들이 대답한다.
"더 이상 없어요."

사실, 5, 6년 전부터 산적들은 더 이상 없다. 지금도 팔레르모
를 통치하고 있는 팔라비시니 장군이 도착하기 전까지, 산적들
은 자주 배당금을 나눠 주거나 또는 종종 강탈하기도 했던 몇몇
거부들이 묵계 아래 숨겨 준 덕분에 시칠리아의 여러 산속에 머
무를 수 있었다. 그러나 팔라비시니는 산적들을 악착같이 색출
했다. 마지막 남은 산적들이 얼마 가지 않아 사라졌을 정도로 그
토록 많은 힘을 쏟았다.

이 나라 안에서 무장공격과 암살들이 자주 일어난 건 사실이
다. 그러나 이것들은 옛날처럼 조직된 집단들의 소행이 아니라,
단독범들이 저지르는 흔한 범죄였다.

요컨대, 시칠리아는 여행자에게 영국, 프랑스, 독일, 또는 이
탈리아만큼 안전한 곳이라 프라 디아볼로 게릴라Fra Diavolo, 프랑
스 점령에 저항했던 나폴리의 게릴라 대장의 모험을 원하는 사람들은 그러

한 모험을 찾으러 다른 곳으로 가야 할 것이다.

사실, 대도시들을 제외하고 거의 모든 지역은 안전하다. 만약 우리가 황량한 지역을 여행하다가 산적에 붙잡혀서 모든 걸 빼앗기거나, 사막을 떠돌아다니는 유목민들에게 피살되는 사람들을 참작해 본다면, 또한 런던과 파리나 뉴욕에서 한 달간 일어난 사건들과 위험하다는 평판이 높은 나라 안에서 발생되는 사건들과 비교해 본다면, 우리에게 두려움의 대상인 지역들이 얼마나 안전한지 알게 될 것이다.

교훈—만약 여러분이 강도들이나 납치범들을 찾는다면 파리 또는 런던으로 가라. 그러나 시칠리아에는 오지 말 것. 이 지방의 거리에서는 경호원이나 무기들 없이도 밤이나 낮이나 왕래할 수 있다. 몇몇 우체국과 전화국 직원들을 제외한다면, 이방인에게 아주 친절한 사람들만 만날 뿐이기 때문이다. 하기야 나는 오로지 카타니아시칠리아 섬 에트나 화산 남쪽의 항구도시 사람들에 한해서만 이런 이야기를 한 것이다.

팔레르모를 굽어보는 여러 산들 가운데 하나의 중턱에 고대 유적물로 유명해진 작은 마을, 몬레알레가 있다. 섬에서 마지막 흉악범들이 활동하던 곳이 고지에 위치한 이 마을 부근이었다. 아직도 그곳으로 이어지는 모든 길에 보초병을 배치했던 관습이 남아 있다. 그러나 그 같은 조치는 여행자를 안심시키기 위한 것인가 아니면 공포감을 조성하고 싶은 것인가? 나는 모르겠다.

모든 길모퉁이마다 보초 서는 군인들을 보면 프랑스 국방성의 전설과도 같은 보초병이 생각난다. 10년 전부터 이유는 알 수 없으나, 장관의 아파트로 이르는 길 통로에 날마다 보초병을 세우고, 그 길을 지나는 모든 행인들에게는 벽으로부터 멀리 떨어져 지나가라는 의무가 주어졌다. 그러던 어느 날, 보초 앞을 무심히 지나가는 50명의 사람들을 뒤따라 가던 신임 장관이 이렇게 보초 서는 이유를 취조관처럼 꼬치꼬치 캐물었다. 반세기 이래로 집무실 안락의자에 찰싹 달라붙어 있던 비서실장이든, 담당 과장이든, 아무도 그에게 그 이유를 말해 줄 수 없었다. 그런데 아마도 자신의 회고록을 작성했던 한 경비원이 그곳에 보초병을 세우게 한 옛날 상황을 기억해 냈다. 그 당시 벽을 새롭게 칠하였는데 예고 없이 장관의 부인이 그곳을 지나다가 그녀의 원피스에 페인트가 묻어서 더러워졌던 사건이 발생하였고, 그래서 보초를 배치했다는 것이다. 이제 벽의 페인트칠은 말랐지만 보초병은 아직도 남아 있었다.

마찬가지로 몬레알레에서 산적들은 사라졌지만 길 위에는 보초병이 아직도 남아 있다. 산기슭을 따라 돌아가는 이 길은 마침내 개발되지 않은 원래 모습 그대로 알록달록하고 매우 지저분한 도시에 이른다. 계단으로 이루어진 길들은 마치 뾰족한 이빨들로 포장된 것 같았다. 남자들은 스페인식으로 빨간색 두건을 머리에 두르고 있다.

여기에 라틴식 십자형으로 된, 길이가 100미터가 넘는 거대한 성당이 있다. 흰 대리석의 토대 위에 회색 대리석으로 네모난 받침돌을 만들고 그 위에 열여덟 개의 동방식 화강암 기둥들이 세 개의 성당 후면과 세 개의 중앙홀을 분리하고 있다. 정말 감탄할 만한 것은 피사의 시민 조각가 보나누스가 청동으로 멋진 무늬를 새겨 제작한 문짝으로 이루어진 정문이다. 황금색 바탕에 모자이크로 장식된 이 유물은 우리에게 좀더 완벽하고, 좀더 화려하고, 좀더 놀라운 것이란 게 무엇인지 보여 준다.

시칠리아에서 가장 큰 이 모자이크들은 6,400평방미터^약^{1,940평}가 되는 벽들의 표면을 거의 전부 덮고 있다. 구약성서나 메시아, 사도들에 관한 전설을 상상하면서 성당 전체에 이토록 거대하고 탁월한 장식을 새긴 것일까. 중앙홀을 둘러싸고 환상적인 지평선이 열리는 황금빛 하늘 위로 하나님과 예수 그리스도가 왕림하심을 알리는 예언자들과, 예수님 주변에 살고 있는 사도들의 윤곽이 자연보다 거대하게 부각되는 것을 보게 된다. 뚜렷이 드러난다. 성당 중심 한가운데에는 프란체스코 1세를 닮은 예수의 거대한 형상이 성당 전체를 가득 채우며 압도하는 것 같다. 그만큼 신비한 인상은 위대하고 강렬하다.

화재로 파괴된 천장은 아주 서투른 방식으로 개조된 것 같아 유감이다. 도금칠한 색조나 너무 선명한 색으로 칠한 색조는 눈에 아주 거슬린다.

대성당 매우 가까이에 있는 오래된 베네딕투스회 수도원 안으로 들어갔다. 수도원을 좋아하는 사람들이라면 그 안을 산책하면서 이전에 보았던 다른 수도원들은 거의 잊어버리게 될 것이다. 고요하고 은폐되어 청량함을 간직한 천혜의 장소에 있는 이 공간들을 어떻게 찬탄하지 않을 수 있겠는가? 수도원의 음산한 긴 아케이드 아래를 느린 걸음으로 산책하다 보면 절로 입술에 흐르던 깊고 맑은 명상을 탄성으로 자아내게 된다.

수도원들은 명상하기에 알맞게 잘 건축된 것 같다! 작은 정원을 둘러싸고 있는 가느다란 기둥을 따라서 돌이 깔려 있는 가로수 길이 있다. 그 정원을 바라보면 억지로 바라보게 하지 않으며 산만하지 않고 두리번거리지도 않으면서 자연스럽게 눈이 휴식을 취하게 된다. 그러나 이 지역의 수도원들은 노르망디에 있는 성 방드릴 수도원처럼 조금 지나치게 근엄하기도 하고, 조금은 지나치게 슬픈 분위기를 지니고 있으나 아주 예쁘기도 하다. 사람의 심장을 조이며 마음을 우울하게 한다.

우리는 베른의 황량한 야산 속에 있는, 모르타니아인들이 은둔하는 카르투지오회* 수도원을 방문하게 될 것이다. 그곳은 뼛속까지 추위를 느끼게 한다. 반면에 몬레알레의 경이로운 수도원은 그곳에 거의 무한정 머물고 싶을 정도로 충만한 은총을 받은 느낌을 준다. 이 수도원은 매우 크고 반듯한 사각형 형태로 섬세하고 예쁘며 우아하다. 그곳을 본 적이 없는 사람이 주랑벽

이 없이 기둥만 나열한 복도의 조화로움이 어떤 것인지 짐작하기란 불가능하다. 섬세한 비율로 정렬된 모든 주랑에는 믿을 수 없을 정도의 가볍고 날씬한 두 쌍의 기둥들이 양쪽으로 나란히 배열되어 있다. 그러나 각 두 쌍의 모양은 서로 다르다. 한쪽 기둥들은 모자이크로 장식되었으나 다른 쪽의 기둥들은 무늬가 없다. 모자이크 처리된 기둥들은 유례없이 정교한 조각으로 장식되었다. 다른 기둥들은 마치 돌 조각이 식물이 기어오르는 것처럼 감기면서 기둥 주위를 올라가는 단순한 모양으로, 보는 사람을 놀라게 하며 매혹시키며 황홀감에 빠지게 한다. 거기에서 완전무결하게 세련된 사물들이 눈을 통해 영혼으로 빨려들어 가게끔 하는 예술가의 환희가 창조되어 있다. 이와 같이 귀여운 작은 기둥들과 우아하게 만들어진 상부장식기둥머리들은 서로 다르다. 우리는 매우 진귀한 아름다움에 감탄하고 동시에 전체의 조화와 디테일의 완성미에 탄복하게 된다.

그리스 예술가들에게 감탄한 빅토르 위고의 시구를 떠올리지 않고는 이처럼 우아한 미를 지닌 진정한 걸작을 볼 수 없을 것이다. "주랑 입구Propylées의 인물상에 새겨진 미소처럼 아름다운 것."

---

* Ordo Carthusians. 1084년 프랑스의 샤르트뢰즈에서 성 브루노가 창설한 수도회. 금욕을 지키며 세속에는 일절 관여하지 않는다.

매우 옛스런 첨두홍예형으로 조성된 이 신성한 산책 통로는 높은 벽으로 둘러싸여 있다. 오늘날 수도원에 남아 있는 것은 바로 이때의 주랑이다. 실제 존재한 나라, 시칠리아는 주랑들의 유일한 본고장이다. 팔레르모의 모든 오래된 궁전들과 오래된 집 안 정원에는 기막힌 것들이 남아 있다. 그 정원들은 유적물들이 매우 풍성한 이 섬 안에서 또 다른 유명한 관광지가 될 것이다.

노르만족이 세운 동방풍의 가장 오래된 성당 중 하나인 산 조반니 델리 에르미티 성당은 비록 몬레알레의 성당보다는 덜 유명하지만 내가 알고 있는 다른 비교할 만한 유적지들보다는 매우 뛰어난 작은 수도원이다. 수도원을 나가면서 우리는 정원으로 들어갔다. 향기로운 오렌지나무들로 가득 찬 골짜기가 펼쳐진다. 영혼을 취하게 하고 감각을 뒤흔드는 하나의 숨결이 향기로 가득 찬 숲에서 끊임없이 올라온다. 늘 주변을 배회하면서, 사람을 미치게 하고, 잡을 수 없는 인간의 영혼에서 떠나지 않는 아련한 시적 욕망이 실현되는 지점에 있는 듯하다. 이 감각적인 우아한 향기들이 예술가의 정신적 기쁨에 섞이면서 갑자기 향기에 둘러싸이게 되면 모든 사람들은 몇 초 동안 평안한 상념에 빠지고 거의 행복한 육체의 안락 속에 빠지게 된다.

나는 도시를 지배하고 있는 높은 산을 쳐다보았다. 그리고 산 정상 위에서 내가 전날 보았던 폐허를 발견했다. 나와 동행한 한 친구가 주민들에게 물어보자, 오래된 그 궁전 터는 사실 시칠리아 산적들의 마지막 피난처였다고, 또 오늘날 카스텔라초라고 불리는 고대의 요새까지 오르는 사람은 거의 아무도 없다고 대답한다. 그 요새가 매우 접근하기 힘든 꼭대기 위에 있기 때문에, 사람들은 거기에 오솔길이 있는지조차 전혀 알지 못했다. 거기에 올라가고 싶었다.

자기 나라의 명예를 지키려는 어떤 팔레르모 사람이 우리에게 가이드를 붙여 주겠다고 고집을 부렸다. 그런데 그 길을 확실히 알고 있을 만한 사람을 찾지 못하자, 우리에게 의논도 하지 않고 경찰서장에게 부탁했다. 곧 어떤 직원 한 명이 와서 우리와 함께 산을 오르기 시작했다. 그러나 그가 하려는 일이 뭔지 정확히는 알 수 없었다.

이 사람 자신도 산을 오르는 데는 망설이더니, 도중에 어떤 동료와 합류한다. 자신을 인도해 줄 새로운 가이드였다. 그러고 나서도 두 사람은 우연히 만난 농부들이나 당나귀를 몰며 지나가는 부인네들에게 길 표지판에 관해 물었다. 마침내 한 신부가 우리에게 앞으로 곧장 가라고 충고했다. 그래서 우리의 안내자들을 따라 산을 기어올랐다. 그 길은 거의 통행이 불가능했다. 암벽들을 기어올라야만 했고, 손으로 잡고 올라가야만 했다. 이 같은 행로는 한참 동안 이어졌다. 동쪽에서 떠올라 작열하는 태양빛이 우리 머리 위에 수직으로 떨어졌다.

마침내 산꼭대기에, 회색빛의 맨질맨질하면서 둥글거나 뾰족한 모양의 거대한 돌들이 땅바닥에 뒹굴며 놀랍도록 웅장한 혼돈을 이루는 한가운데에 도착했다. 이 돌들은 사방의 벽 주위를 에워싼 기묘한 바위 부대로부터 멀찍하니 이 원시적이고 황폐한 성을 유폐시키고 있었다. 이 정상에서 보이는 전망은 우리가 상상할 수 있는 가장 인상적인 광경들 중 하나였다.

뾰족한 산 주위는 다른 산들을 둘러싸고 있는 깊은 골짜기로 움푹 들어가 있다. 그 골짜기는 시칠리아 섬의 내부를 향해 산봉우리와 꼭대기들로 이루어진 무한한 지평선을 넓혀 준다.

우리 정면에는 바다가 펼쳐지고 발 아래로 팔레르모가 내려다보인다. 이 도시는 사람들이 '황금 고동'그리스 신화의 해신 트리톤의 나팔이라고 이름 붙인 오렌지나무 숲으로 둘러싸여 있다. 그리고 이 검푸른 숲은 어두운 얼룩처럼 희끄무레한 산과 다갈빛 산 아랫자락에 펼쳐져 있다. 마치 태양빛에 타거나 좀 쓸거나 금박을 입힌 것처럼 산들은 울긋불긋하고 헐벗었다.

우리의 가이드 중 한 사람이 사라졌다. 다른 한 사람이 폐허 건물 더미들 안으로 우리를 뒤따라왔다. 그곳은 아름다운 원시 상태로 자연스러우면서도 매우 광대하다. 우리는 거기에 들어가면서 아무도 방문하지 않았다는 것을 감지했다. 도처에 구멍이 팬 땅을 밟으니 발걸음 소리가 울린다. 곳곳에서 지하로 들어가는 입구들을 발견했다. 가이드가 그것들을 호기심 있게 살피더니, 많은 수의 산적들이 불과 몇 년 전까지 그 안에 살았다고 말했다. 그곳은 최고의 피난처였지만, 또한 매우 두려움을 주는 곳이기도 했다. 우리가 다시 하산하고 싶다고 말하자마자, 첫번째 가이드가 다시 나타났다. 그러나 우리는 그의 안내를 거부하고, 여자들끼리라도 아주 쉽게 내려갈 만한 오솔길을 발견했다.

시칠리아 사람들은 이방인들을 놀라게 하기 위해 산적 이야기를 부풀리거나 되풀이하는 데 쾌락을 느끼는 것 같았다. 그래서 오늘날까지도 우리는 스위스만큼 고요한 이 섬 안으로 들어가는 것을 주저하는 것이다.

사악한 부랑자들 때문에 겪게 된 최후의 모험담들 중 하나를 소개하겠다. 보증컨대, 이 이야기는 실화다.

팔레르모의 매우 뛰어난 한 곤충학자인 라구사는 딱정벌레 polyphylla olivieri와 오랫동안 혼동되었던 무당 딱정벌레를 발견했다. 그런데 독일의 학자 크라츠가 그 곤충이 매우 특별한 종에 속한다는 사실을 알고는 그 곤충 몇 마리를 표본 조사하고 싶어했다. 그리고는 그의 시칠리아 친구들 중 한 명인 디 스테파니에게 편지를 썼다. 다시 그 친구는 지세프 미라글리아에게 이 곤충학자 크라츠가 곤충들 중에서 몇 종류를 채집할 수 있게 도와달라고 간청했다. 그러나 그 곤충들은 그 해안에서는 이미 멸종된 뒤였다. 바로 그때 트라파니에 살고 있는 롬바르도 마르토라나가 방금 50마리 이상의 딱정벌레를 잡았다는 사실을 디 스테파니에게 알렸다.

디 스테파니는 미라글리아에게 이 사실을 알리기 위해서 급히 다음과 같이 편지를 보냈다. "친애하는 지세프에게, 자네의 살해 의도를 감지한 딱정벌레가 다른 길로 빠져나가 트라파니로 피신했다네. 그곳에서 내 친구 롬바르도가 이미 그놈들을 50 이상이나 잡았다네." 여기서 이야기는 웃어야 할지 울어야 할지 모를 황당무계한 서사시의 모양새를 갖게 된다.

이 시기에 트라파니 근처를 롬바르도라고 불리는 산적이 편력하고 있었던 것 같다. 그런 중에 미라글리아는 친구의 편지를 쓰레기통에 버렸다. 하인이 길에다 그 쓰레기통을 쏟아 버렸고, 지나가던 청소부가 그것을 주워서 다시 벌판에다 버렸다. 시골에서 거의 구겨지지 않은 파란색 예쁜 종이를 본 한 농부가 그 종이를 다시 주워 주머니 속에 넣었다. 무언가 긴요하게 쓰이거나 돈벌이가 되리라는 본능적인 생각이 들었기 때문이다.

몇 달이 흘러갔다. 재무관에게 불려갈 일이 있던 이 농부는 땅바닥에 그 편지를 떨어뜨렸다. 헌병은 그 종이를 집어서 재판관에게 보여 줬다. 편지를 읽어 가던 재판관의 시선이 '살해 의도', '다른 길로 빠져나가', '피신', '잡았다', '롬바르도' 같은 단어들에 꽂혔다. 그 농부는 감옥에 갇혀 조사를 받고 독방에 감금되었다. 그는 아무것도 자백하지 않았다. 사람들이 그를 구경했고, 엄격한 수사가 시작되었다. 행정관들은 그 수상한 편지를 공개하였다. 그러나 그들은 편지 글에서 '딱정벌레'polyphylla로 읽지 않고 '페트로닐라 올리비에리'Petronilla Olivieri라고 읽었기 때문에 곤충학자들은 아무런 반응이 없었다.

마침내 디 스테파니가 편지의 발신자임이 밝혀지면서 재판소에 불려갔다. 그러나 그의 해명들은 받아들이지 않았다. 결국 편지에서 언급된 미라글리아가 소환되어 그 미스테리를 밝히게 되었다. 농부는 감옥에서 석 달간 감금되었다.

결국, 시칠리아의 산적들 중 마지막 한 사람이란, 사실 과학자들이 '라구사 딱정벌레'polyphylla ragusa라고 명명한 풍뎅이과에 속하는 한 곤충이었다.

오늘날에는 자동차로 여행하거나 말을 타거나 걸어서 시칠리아를 돌아다니는 것은 전혀 위험하지 않다. 게다가 가장 흥미로운 지역은 거의 전부 자동차로 여행할 수 있다.

첫번째로 가 보아야 할 곳은 세게스타 신전이다. 너무나 많은 시인들이 그리스를 노래했고, 우리들 모두는 각각 나름대로 그리스에 대한 이미지를 간직하고 있다. 어떤 사람은 그리스를 조금 안다고 생각하고, 어떤 사람은 자신이 방문하고 싶은 만큼 상상해서 그리스를 알고 있다. 나에게 있어서 시칠리아는 이 꿈을 실현시켜 주었다. 시칠리아가 나에게 그리스를 보여 줬기 때문이다. 능선이 부드럽고 고전적인 선들로 이루어진 거대한 산들을 발견했을 때 나는 이 땅이 대단히 예술적이라고 생각했다. 그리고 이 섬 도처의 산 정상에서 만나게 되는 신전들은 엄숙하며 어쩌면 약간 무거운 분위기이기도 하지만 감탄할 만한 숭고함을 가지고 있다.

모든 사람들이 파에스툼나폴리 동쪽의 마을로, 고대의 포세이돈 신전으로 유명함을 보았을 것이다. 바다가 멀리까지 계속되며 다른 한쪽으로는 푸르스름한 산들이 커다란 원처럼 둘러싸고 있는 이 벌거숭이 벌판에 던져진 세 곳의 찬란한 폐허는 감탄스럽다. 그러나 포세이돈의 신전이 시칠리아의 다른 신전들보다 훨씬 더 완벽하게, 순수하게 보존된 데(사람들이 그렇게 말한다) 비해, 시칠리아의 고대 신전들은 너무나 경이로운 뜻밖의 경치들로 이루어져 있어서, 이 세상에 그 어느 곳도 이 신전들이 우리 영혼 속에 남겨 준 그 감동을 상상하게 할 수는 없을 것이다.

팔레르모를 떠날 때, 먼저 '황금 고둥', 즉 광대한 오렌지나무 숲을 찾았다. 이곳으로 가는 철길은 다갈색 산들 아래 붉은색 바위들이 이어지는 해안을 따라가다가 섬의 안쪽으로 머리를 돌린다. 우리는 마침내 알카모 칼라타피미 역에서 내렸다.

그리고 바다처럼 거대한 파도 물결이 넘치는 듯한 드넓은 지역을 지나갔다. 숲이 없고 나무도 별로 없으나 포도밭과 수확한 열매들이 있다. 양쪽 능선을 따라 알로에 꽃이 활짝 핀 길이 이어진다. 그 사이로 시인들이 그토록 노래했던 거대하고 이상한 기둥을 하늘로 향해 올라가게 하기 위해서 같은 해, 거의 같은 날에 어떤 명령이 내려진 것 같다. 우리는 전투 깃발을 들고 있는 듯 호전적으로 두껍고 날카로운 갑옷으로 무장한 듯한 식물들의 셀 수 없는 무리를 끝없이 지켜본다.

길을 걸은 지 약 두 시간 후에, 갑자기 높게 솟은 두 개의 산을 보았다. 한쪽 산꼭대기로부터 둥근 초승달 모양의 부드러운 능선이 연결되었다. 그리고 그 초승달 모양의 능선 중앙에는 그리스식 신전의 모습이 나타난다. 이 신전은 신성을 지닌 민족으로 하여금 인간적인 신들에 이르도록 하는 강렬하고도 아름다운 유적지 중 하나다.

긴 굽이를 통해서 두 산 중 하나의 산을 우회해서 돌아가야만 했다. 또다시 정면에 나타난 신전을 발견했다. 하나의 깊은 협곡이 거기서 갈라지는데도 불구하고 마치 산에 기대어 있는 것 같다. 그러나 그 신전 뒤로 펼쳐진 산은 위에서 신전을 가둬 두고 둘러싸며 보호해 주고 어루만져 주는 것 같다. 시골 산속 깊은 곳에 홀로 우뚝 선 이 신전은 거대한 초록빛이 깔린 바닥에 서른여섯 개의 도리아식 기둥들로 유적지의 면모를 갖추며 감탄할 만한 경관을 드러냈다.

이 웅대하고 소박한 풍경을 보았을 때, 우리는 그리스식 신전만이 그 자리에 들어설 수 있었으며, 또한 그곳에만 그 신전이 위치할 수 있다는 데 공감했다. 고대 휴머니즘에서 예술을 배운 장식의 대가들이 미학적 효과와 연출 기법을 아끼지 않고 어떤 심오하고 섬세한 예술적 기교를 특별히 시칠리아에서 보여 준 것이다. 이제 지르젠티아그리젠토*에 있는 신전들에 대해 이야기해 보자. 어떤 천재가 승천해야 하는 유일한 지점에 대해 계시를 받아서 이 산의 발치에 세게스타 신전을 세운 것 같다. 이 신전 하나만으로 이 산은 생기를 띠며 광대한 풍경을 이룬다. 즉 신전이 산에 생명을 불어넣고 훌륭하게 신의 뜻에 따라 아름답게 만드는 것이다. 신전으로 가기 위해서 길을 따라 걸어가다 보면 산 정상 위에서 폐허가 된 고대의 극장들을 발견하게 된다.

그리스 사람들이 살았거나 식민지를 건설했던 어떤 나라를 방문할 때, 가장 아름다운 광경을 발견하려면 그들의 극장을 찾기만 하면 된다. 그리스인들이 신앙심의 효력을 얻을 수 있는, 전망 좋은 제1의 장소에 그들의 신전들을 세웠다면, 반대로, 눈으로 구경하기에 가장 감동받을 수 있는 확실한 장소에는 그들의 극장들을 세웠기 때문이다.

산 꼭대기에 있는 세게스타 신전은 그 둘레가 적어도 150~200킬로미터에 이르는 원형 극장의 중심을 이룬다. 우리는 또다시 첫번째 산의 정상 뒤로 멀리 있는 다른 산의 정상들을 보았

---

* 아그리젠토는 기원전 582년에 시칠리아 섬에 그리스인이 세운 식민도시로 아크라가스 강과 히스파스 강이 만나는 지점에 신전의 계곡(Valle dei Templi)이 조성되었다. 디오스쿠리, 제우스, 헤라, 콘코르디아, 에르콜레(헤라클레스) 신전 등 20여 개의 도리아식 신전들이 있어 "신전의 도시"로도 불린다. 2,500여 년의 세월을 감안하여도 보존 상태가 매우 양호한 이 유적지를 1997년 유네스코에서는 세계문화유산으로 지정하였다.

다. 그러자 정면에 보이는 드넓은 만을 건너서 초록빛 산꼭대기들 사이로 푸른 바다가 보였다.

세게스타 신전을 방문했던 그 다음 날엔 셀리눈테를 방문할 수 있었다. 그곳에는 마치 군인들의 시체처럼 옆으로 가지런히 쓰러져 있거나 무질서하게 무너져 있는 기둥들이 엄청나게 쌓여 있다.

유럽에 남아 있는 신전들 중에서 가장 광대하고 거대한 신전의 폐허가 평원 전체를 가득 채우고, 초원 끝에 있는 경사면까지 널려 있다. 폐허 더미들은 탁한 모래가 깔린 해안을 따라 널려져 있다. 그 해변에는 몇 척의 고기잡이배가 좌초되어 있고 어디서 어부들이 살았었는지 발견할 수도 없다. 게다가 형태가 없는 이 돌무더기들은 고고학자나 과거의 흔적이라면 무엇이든 감동받는 시적 영혼을 간직한 사람들에게만 관심을 끌 수 있을 뿐이다. 그러나 셀리눈테와 마찬가지로 시칠리아 섬 남쪽 연안에 위치한, 아그리젠토의 옛 이름인 지르젠티는 유명한 신전들 중에서도 가장 놀라운 조화로운 풍경을 제공한다.

돌이 많으며 바닥이 드러난 붉은색을 띤 연안이 길게 펼쳐진다. 강렬한 붉은빛이 돌고 풀도 없고, 소관목도 없이 바다와 해변과 항구에 닿아 있다. 그 연안 모서리 위에, 세 개의 위대한 신전들이 더운 지방의 파란 하늘 위로 거대한 돌의 실루엣을 밑에서부터 드러내고 있다.

그 신전들은 환상적이고 황량한 풍경 한가운데서 마치 공중에 떠 있는 것 같다. 신전들 주위로, 앞이나 뒤에 있는 모든 것이 죽어서 바싹 말라 있으며 노랗다. 태양이 땅을 불태우고 먹어 버렸다. 이렇게 흙을 갉아먹는 것이 태양 자체인가? 혹은 이 화산섬의 정맥을 항상 태우는 저 깊은 곳에서 솟아오르는 불인가? 왜냐하면 지르젠티 도시 유적 주변 도처에는 유황이 많은 지역으로 펼쳐져 있기 때문이다. 이 지역은 전부 다 유황으로 되었다. 땅과 돌과 모래 모두 다.

마치 인간들이 죽은 형제들의 시신을 서로 옆에 나란히 매장한 무덤들처럼, 신들의 영원한 주거지인 신전들은 서로 약 500미터 간격으로 야산 위에 남아 있다. 먼저 이곳에 라시니아의 헤라 신전이 있다. 이 신전에는 고대 그리스 화가인 제욱시스가 아크라가스에서 가장 아름다운 5명의 소녀들을 모델로 그린 유명한 헤라 여신상이 유폐되어 있다. 그 다음에는 콘코르디아 신전이 있다. 고대의 유적들 중에서 잘 보존된 신전 중 하나이기 때문에 중세 시대에는 예배당으로 사용되기도 했다. 더 멀리 나가면, 헤라클레스를 모시던 신전의 잔재물들이 있다.

마지막으로 폴리비오스_{고대 그리스 역사가}가 찬양하고 디오도레_{고대 그리스의 신학자}가 묘사한 거대한 제우스 신전이 있다. 이 신전은 5세기에 건축된 것으로 둘레에는 직경 6미터 50센티미터의 반원주_{반은 벽 속에 파묻힌 기둥}가 38개 세워져 있다. 그 반원주 하나마다 세로로 팬 홈 안에 한 사람이 설 수 있을 정도다.

이 놀라운 연안의 발 밑으로 흐르는 길 가장자리에 앉아서, 각 시대별 국가에서 가장 위대한 예술가들이 남긴 이 놀라운 추억들을 간직한 신전들 앞에서, 우리는 몽상에 젖어 있었다. 가슴속에 간직한 온갖 사랑과 영혼에 간직한 모든 꿈과 감각의 본능들을 시적으로 의인화한 것 같은 올림푸스 산 전체가, 호메로스의 올림푸스, 오비디우스의 올림푸스, 베르길리우스의 올림푸스가, 우리들처럼 만들어졌고, 우리들처럼 매혹적이고 관능적이며 정열적인 신들의 올림푸스가 우리 앞에 있는 듯하다. 이 고대의 하늘 위에 우뚝 서 있는 것은 바로 온통 그리스·로마 시대의 문명이다.

강렬하고 독특한 어떤 감정이 마음속 깊이 파고든다. 그리고 이 엄숙한 신전들의 잔해 앞에서, 거장 중의 거장이 남긴 잔해 앞에서 무릎 꿇고 싶어진다.

물론 이 시칠리아는 무엇보다도 신의 땅이다. 시칠리아에서 헤라, 제우스, 헤르메스, 혹은 헤라클레스 등 신들이 거주한 마지막 장소들을 발견하며, 또한 이 세상에 존재하는 최상의 기독교의 성당들을 그곳에서 다시 만나기 때문이다. 그리고 체팔루나 몬레알레의 대성당과 마찬가지로, 우리에게 아직 남아 있는, 독특한 경이로움을 주는 팔라티노 성당의 추억은 그리스 유적들에 대한 어떤 기억보다 아직도 더 생생하다.

지르젠티의 신전들이 있는 언덕 끝에서 진짜 사탄의 왕국 같은 놀라운 지역이 펼쳐진다. 왜냐하면 옛날 얘기처럼, 지옥에 떨어진 사람들을 유황천에서 끓이는 거대한 지하세계에 악마가 살고 있다면, 사탄이 그 비상한 지옥을 만들었던 곳은 확실히 시칠리아일 터이기 때문이다. 시칠리아는 세상의 거의 모든 유황을 공급한다. 이 화산섬에서 수없이 많은 유황 광산들을 발굴하기 때문이다.

제일 먼저 도시에서 몇 킬로미터 떨어진 곳에서, 진흙과 석회암으로 이루어진, 높이 2~3피트의 작은 원뿔 형태의 화구들로 덮여 있는 '마칼루바'라고 불리는 이상한 언덕이 나타난다. 말하자면 자연이 만든 기괴한 병, 농포膿疱 같다. 모든 화구들의 표면에는 무서운 화농과 비슷한 뜨거운 진흙이 흐르고 있고, 또한 그 속에서는 가끔씩 아주 높이 돌들이 튀어나오고 가스를 분출하면서 부르릉거리는 이상한 소리가 나기 때문이다. 울부짖는 듯한 화구들은, 더러우며 조잡한 것이 나병에 걸려 종기가 터진 작은 화산들 같다.

그 다음에 우리는 곧 유황 광산들을 방문하기 위해 산속으로 들어갔다. 자연으로부터 저주받고 유배라도 된 듯한 참으로 황폐한 고장, 비참한 땅이 우리 앞에 있다. 철저하게 고립되고 빈곤한 상태로 신으로부터 버림받은 흔적을 남기면서, 회색빛과 노란빛을 띠는 돌들이 많은 음산한 골짜기가 펼쳐진다. 마침내 여기저기서 몇몇 보기 흉한 매우 낮은 건물들이 나타났다. 유황 광산들이었다. 이 나라의 땅 밑바닥 속에서 수 마일 이상 뻗어 나온 것 같다.

유황광들 중 하나의 갱 입구로 들어가다가 회색을 띠며 연기를 내는 특이한 덩어리를 보았다. 인간이 발굴해 낸 진짜 유황 원석이었다. 여기서 어떻게 사람들이 유황을 얻는가. 광산에서 끄집어낸 유황은 거무스름하고 땅과 석회암 등과 혼합되어 있다. 굳어 있고 부서지기 쉬운 일종의 돌 모양이다. 즉각 갱도에서 가져와서, 높게 단을 쌓고 그 중앙에 불을 붙였다. 그러자 은근한 불이 꾸준하게 한참 동안 타오르면서, 높게 쌓은 단 가운데를 침식하고 순수한 유황을 발산한다. 그 유황은 융해되면서 마치 물이 작은 운하를 따라 흐르는 것처럼 흘러간다.

끓여서 청소한 커다란 통 안에 이렇게 얻어진 유황을 다시 넣는다. 채굴이 이루어지고 있는 이 광산은 모든 광산들과 비슷하다. 우리는 바닥이 크고 고르지 못한 좁은 계단을 통해서 유황으로 가득 찬 구멍이 팬 수갱들 안으로 내려갔다. 겹쳐진 여러 지층들은 넓은 구멍들을 통해 가장 깊은 곳으로 공기를 공급하며 서로 소통한다. 그렇지만, 우리는 4갱 아래에서 숨이 찼다. 유황의 발산으로 숨이 막힐 지경이었다. 한증실 같은 끔찍한 열기 때문에 심장이 뛰고 피부가 땀으로 덮여 버려서 질식할 듯이 숨이 막혔다.

가끔씩 바구니에 짐을 싣고 거친 계단을 기어오르는 한 무리의 아이들을 만났다. 이 불쌍한 부랑아들은 짐에 짓눌려서 씨근거리며 헐떡였다. 그들은 10~12살이었다. 한 번 내려갔다 오는데 동전 1수를 받으면서 그 고약한 여행을 하루에만 15번을 왕복한다고 한다. 아이들은 작고 말랐으며 안색은 누렇다. 크고 빛나는 눈과 가는 얼굴에 그들의 눈처럼 반짝이는 치아를 드러내는 얇은 입술을 가졌다. 차마 볼 수 없는 아이들의 날품팔이는 우리가 본 광경 가운데 가장 고통스러운 것 중 하나였다.

그러나 섬의 또 다른 해안 위에서 풍경을 보았을 때 그 연안은 너무나 경이로운 자연 현상 그대로여서 우리가 몇 시간 전에 보았던, 비참한 아이들을 죽이는 독을 뿜어 대는 광산들을 잊을 수 있었다.

이제 환상적인 유황 불꽃이 먼 바다에서 피어오르는 불카노 화산섬에 대해서 말하련다. 조금 후에 우리는 첫번째 승객조차 앉을 의자를 찾을 수 없는 더러운 증기선을 타고 메시나로 출발했다. 미풍 한 점도 없었다. 다만 큰 배의 운행만이 물 위에 잠든 고요한 대기를 떨게 했다.

시칠리아의 강들과 칼라브리아시칠리아 섬과 메시나 해협을 두고 마주한 이탈리아 반도의 남단에 위치한 주의 강들은 마치 여인의 침실 향기처럼 꽃이 핀 오렌지의 매우 강렬한 향기를 해협 전체로 발산한다. 이윽고 도시가 멀어졌고, 우리는 카리브디스와 스킬라 사이를 통과했다. 우리 뒤로 산들은 낮게 보이고 그 산들 위로 눈에 덮인 에트나 화산의 하얀 정상이 나타났다. 에트나의 꼭대기는 마치 보름달빛 아래 은색 모자를 쓴 것 같았다. 그리고 우리는 새벽에 일출을 보기 위해서 잠시 눈을 붙였다. 배에서 나는 추진기의 단조로운 소리가 우리를 흔들어 재웠다.

지금 저기에 우리 앞에 리파리 군도가 나타났다. 처음에는 왼쪽에서 그리고 마지막에는 오른쪽에서 무성한 흰 연기가 하늘 위로 뿜어져 나왔다. 불카노 섬과 스트롬볼리 섬이다. 그 두 화산섬 사이에서 우리는 리파리 섬과 필리큐리 섬, 알리큐리 섬 말고도 매우 낮은 몇몇 작은 섬들도 보았다.

그리고 배는 곧 리파리 섬의 작은 마을 앞에 닿았다. 드넓은 녹색 연안 끝자락에 하얀색 집들이 몇 채 나타났다. 그 외엔 아무것도, 주막도 없었다. 어떤 이방인도 이 섬 위로는 오르지 않았다.

비옥하고 매력적인 이 섬은 감탄스러울 정도로 강렬하고 부드러운 붉은빛이 감도는 이상한 형태의 암석들로 둘러싸여 있다. 우리는 옛날에 사람들이 많이 모였던 온천을 발견했지만, 토다소의 주교는 자신의 고장을 이방인들의 영향력에서 벗어나게 하기 위해서 섬사람들이 만들었던 목욕탕을 파괴해 버렸다.

북쪽 끝에 있는 마지막 섬 리파리에는 더욱 차디찬 하늘 아래서 우리가 멀리서 볼 때 눈에 덮인 줄로 생각하게 만든 독특한 하얀 산이 있다. 세상 사람들에게 경석을 채굴해 주는 곳이 바로 그 산이다.

그러나 나는 불카노 섬을 방문하기 위해 작은 배를 빌렸다. 숙련된 네 명의 뱃사공이 이끄는 배는 포도나무가 심어진 비옥한 해안을 따라간다. 빨간 암석들에서 나오는 광택이 파란 바닷속에서 기묘하게 빛난다. 두 섬을 분리하는 작은 해협에 다다랐다. 마치 화산 꼭대기가 물에 빠진 것처럼 불카노 산의 원추형 화구가 바다 물결에서 솟아 나왔다.

불카노 섬은 꼭대기가 약 400미터 높이에 이르고 면적은 약 20제곱킬로미터인 야생의 작은 섬이다. 불카노 섬에 도달하기 전 또 다른 섬인 볼카넬로 주위를 돌았다. 이 섬은 기원전 200년 경에 바다에서 갑자기 솟아났다가 폭풍우가 몰아치던 날에 파도에 쓸려 좁은 반도가 형성되면서 그 옆의 큰형뻘 되는 섬과 연결되었다.

우리는 지금, 연기가 나는 분화구 앞 평탄한 안쪽 포구의 바닥 위에 있다. 발 아래로 이 시간에는 아마도 잠자고 있을 영국 사람이 살고 있는 집 한 채가 보인다. 누군가의 도움 없이는 이 실업가가 개발한 화산을 기어올라갈 수 없으리라. 그런데 그는 자고 있으니, 나는 넓은 정원과 영국인의 소유지인 포도나무 밭을 통과해 진짜 스페인금작화가 향기 나는 꽃을 피워 낸 숲을 지나갔다. 이 꽃들은 마치 뾰족한 원추형 주위를 휘감은 거대한 노란색 스카프 같았다. 원추형 꽃머리도 또한 빛나는 태양 햇살 아래서 눈을 멀게 하는 노란색을 띠고 있다. 이어 좁은 오솔길로 오르기 시작했다. 딱딱한 재와 용암이 덮여 있는 가파르고 미끄러우며 험한 길들이 구불구불하게 이어져서 가다가 다시 오고 또 되돌아오는 오솔길이다.

가끔씩, 우리는 스위스에서 산꼭대기에서 떨어지는 급류를 보았던 것처럼, 크레바스를 통해 계속해서 흘러나오는 거대한 유황을 보았다.

그러니 이 유황이 연출하는 환상적인 흐름, 응고된 빛, 태양의 분출에 대해서 말해 보자. 마침내 산꼭대기 위 큰 분화구 주위에 있는 넓은 망루에 도착했다. 땅이 흔들리고, 눈앞에서 사람의 머리처럼 큰 구멍을 통해 연기와 거대한 불꽃이 격렬하게 분출했다. 그 사이에 우리는 그 구멍 입구 언저리로부터 불에 녹아 금빛이 도는 유황 액체가 퍼져 나가는 것을 보았다. 그것은 이 환상적인 원천수 주위에서 매우 빨리 굳어 버린 노란빛 호수를 만들었다.

더 멀리 있는 다른 크레바스에서는 푸른색 대기 속에서 무겁게 피어올라 오는 흰 증기들을 토해 내고 있다. 나는 두려움을 안고 이 뜨거운 재와 용암이 흐르는 큰 분화구 가장자리까지 나아갔다. 이보다 더 인간의 눈에 충격을 주는 놀라운 것은 아무것도 없으리라.

'포사'Fossa라고 불리는 넓이 500미터, 깊이 약 200미터인 거대한 원통형 바닥에서는, 불과 연기와 유황이 약 열 개의 거대한 균열과 광대한 둥근 구멍들을 통해 굉장한 폭음을 내면서 대분화구로 뿜어지고 있다. 우리는 이 깊은 구렁의 긴 내벽을 따라 내려가서 화산의 사나운 입구 가장자리까지 이동했다. 내 주위의 모든 것이 노랗다. 내 발 아래, 내 위에 모든 것이 온통 노란색이어서 앞을 캄캄하게 하고 정신없게 한다. 모든 것이 노랗다. 땅과 높은 벽들과 그리고 하늘까지도. 노란 태양은 작열하는 빛을 포효하듯이 이 깊은 구렁 속에 퍼붓는다. 그 구렁 속에 있는 유황통의 열기는 마치 화상을 입힌 듯이 고통스럽게 보인다.

그리고 우리는 흐르고 있는 노란 액체가 부글부글 끓어오르는 것을 보며, 수정처럼 맑은 액체들이 분사되고, 붉은 불이 타는 화덕의 언저리에서 터져 버린 이상한 산성의 액체들이 거품을 내고 있는 것을 본다.

산의 발치에서 잠자고 있는 영국인은 이 산성액과 액체들, 분화구가 분출한 모든 것들을 수집하고 개발해서 판다. 돈벌이가 되기 때문이다. 화산에 적응하지 못해 호흡 곤란으로 헐떡이고 숨이 찬 나는 천천히 다시 돌아왔다. 곧 원추의 꼭대기에 다시 올라가서 바다 물결 위에서 하나씩 떨어져 있는 리파리 군도의 모든 섬들을 보았다.

저 아래 정면에 스트롬볼리 섬이 우뚝 솟아 있다. 반면에 내

뒤의 거인 같은 에트나 산은 마치 멀리에 있는 그 아이들과 손자들을 바라보는 것 같다.

작은 배를 타고 다시 돌아오면서 나는 리파리 섬 뒤에 숨겨져 있는 섬 하나를 발견했다. 뱃사공은 그 섬 이름을 '살리나'라고 불렀다. 멀지 포도로 포도주를 제조하는 곳이 바로 이 섬이다. 나는 이 유명한 포도주 한 병을 바로 그 원산지에서 마시고 싶었다. 맛은 유황의 시럽 같았다. 화산섬에서 생산되는 진하고 달콤하며 유황빛을 띤 그 독특한 포도주 맛은 궁으로 돌아와서 저녁을 먹을 때까지 입안에 남아 있었다. 악마의 포도주다.

내가 타고 왔던 지저분한 증기선을 다시 탔다. 우선 스트롬볼리를 바라보았다. 산머리에서 연기가 나고 산발치는 바닷속으로 빠져 있는 둥글고 높은 산이다. 물속에서 솟아 나온 거대한 원추형 화구만 있을 뿐이었다. 우리는 암벽의 등에 붙은 바다 조개껍데기처럼 산허리에 걸쳐 있는 몇 채의 집들을 알아보았다. 그리고 내가 다시 돌아갈 시칠리아 쪽을 향해 눈길을 돌렸다. 하얀 눈으로 덮인 채 시칠리아 위에서 그 엄청나고 괴물 같은 무게로 섬을 짓누르는 에트나 화산에게서 더 이상 눈을 뗄 수가 없었다. 그 산꼭대기가 이 섬의 다른 모든 산을 지배하는 것 같다. 이곳의 커다란 산들은 에트나 산 아래에서 난쟁이처럼 보인다. 그러나 드넓고 웅장한 만큼 에트나 산 자체는 낮아 보인다. 이 막중한 거인의 크기를 이해하려면 바다 전체를 보아야만 한다.

왼편에는 칼라브리아의 기복이 심한 강들이 나타났고, 메시나 해협이 강 하구로 열린다. 우리는 곧 항구 안으로 들어가려고 그곳으로 진입했다. 도시는 흥미로울 것이 아무것도 없었다. 우리는 그날로 카타니아로 향하는 철로를 택했다. 그 철로는 놀랍도록 아름다운 해안을 따라가다가 이상하게 생긴 만을 우회한다. 그 만의 내포 안쪽으로 모래사장 가장자리에 위치한 희고 작은 마을이 있다. 여기가 타오르미나다.

어떤 사람이 시칠리아에서 하루만 지내야 한다면, 그리고 "여기서 무엇을 구경해야 합니까?"라고 물어본다면, 나는 그에게 주저하지 않고 이렇게 대답할 것이다. "타오르미나요."

풍경 하나 빼면 볼 것은 아무것도 없다. 그러나 그 풍경이 우리의 눈과 영혼과 상상력을 유혹하기 위해 대지 위에서 만들어진 것을 전부 보여 준다.

마을은 마치 산꼭대기에서 굴러 떨어졌던 것처럼 커다란 산 위에 걸려 있는 것 같았다. 물론 옛날의 아름다운 유적들을 간직하고 있지만, 우리는 이 마을을 단지 통과할 뿐이었다. 그리고 우리는 해 지는 것을 보기 위해서 그리스 극장에 갔다.

세게스타의 고대 극장에 대해서 이야기하면서 나는 비할 데 없이 탁월한 장식가였던 그리스 사람들이 극장을 조성해야 할 최적의 장소를 고를 줄 알았다고 말한 바 있다. 과연 이 장소는 예술적 감각이 뛰어난 사람들을 행복하게 해준다.

타오르미나에 있는 이 극장은 전 세계를 통틀어 결코 다른 곳과 비교될 수 없는 너무나 경이로운 장소에 있기 때문에 그곳 이외의 다른 곳에는 위치할 수 없다. 울타리 벽 안으로 들어가서 지금까지 최고의 보존 상태를 유지하고 있는 유일한 원형 극장을 보았다. 허물어진 채 잡풀에 뒤덮여 있는 계단식 좌석 위로 올라갔다. 옛날에 대중공연장으로 사용하기 위해서 지어진 3만 5천 명의 관중이 들어갈 수 있는 대형 극장이 우리의 시야에 들어왔다.

먼저 슬프면서도 웅장하며 허물어진 폐허가 보인다. 그곳에는 기둥머리를 이고 있는 매혹적인 하얀색 기둥들이 아직도 온통 하얗게 서 있다. 그리고 벽 너머로, 우리 아래쪽에 멀리 펼쳐진 바다와 지평선까지 하얀색 마을로 가득 채워지다가, 금빛 모래로 경계를 이루며, 거대한 암석이 널려 있는 강을 본다. 또한 오른쪽을 보면, 위쪽으로는 이 모든 것을 지배하면서 그의 전체로 하늘 절반을 가리는 눈 덮인 에트나 화산이 저 아래쪽으로는 연기를 피워 내고 있다.

도대체, 오늘날 이와 같은 풍경들을 만들 줄 아는 민족이 어디에 있단 말인가? 대중들의 즐거움을 위해서 이 극장과 같은 공공건물을 건축할 줄 아는 사람들이 어디에 있을까? 이 사람들, 옛날 사람들은 우리 시대의 사람들과는 완전히 다른 영혼과 눈을 지녔다. 그들의 정맥 속에는 그들의 피와 함께 지금은 사라진 무언가가, 즉 미를 사랑하고 감탄하는 열정이 흐르고 있었다.

아무튼, 우리는 내가 등반하고 싶었던 카타니아를 향해 다시 출발했다. 가끔 두 개의 산 사이로, 분화구에서 분출된 증기가 마치 구름처럼 움직이지 않고 덮여 있는 산 정상을 바라본다. 우리 주위에 있는 모든 흙은 청동빛을 띤 갈색이다. 기차는 용암으로 뒤덮인 강변 위로 내달린다.

하지만 이 괴물은 아마도 36킬로미터 혹은 40킬로미터 거리에 있을 것이다. 우리는 그 괴물이 얼마나 거대한지 이해했다. 검고 터무니없이 커다란 아가리에서 가끔씩 반짝이는 타르액 덩어리가 분출했다. 타르는 부드럽고 가파른 경사진 곳으로 흘러내리면서 골짜기를 메우고 마을을 파묻고 강물에 쓸려가듯이 사람들을 빠뜨리고 바닷물에 역류하다가 바닷속으로 묻혀 들어갔다. 절벽과 산과 협곡에 흐르는 타르들은 굳어지면서 어두운 붉은빛의 걸쭉하고 느린 물결들을 만들었다. 그것들은 거대한 화산의 모든 주위에 퍼져서 한 고장을 검고, 금이 가고 울퉁불퉁하며 구불구불하고 기괴하고 이상한 나라로 만든다. 뜻밖의 용암 분출과 뜨거운 용암의 무시무시한 환상에 의해서 나온 디자인이다.

가끔, 에트나 화산은 분화구로 무거운 연기를 하늘로 내뿜기만 하면서 오랜 세월 동안 조용히 휴식을 취한다. 그동안 비를 맞으며 태양빛 아래서 흐르던 고대의 용암들은 가루가 되었고,

일종의 화산재와 모래가 많은 검은 땅이 되었다. 그 흙에서 올리브나무, 오렌지나무, 레몬나무, 석류나무, 포도나무와 과실수들이 자라난 것이다.

오렌지와 올리브나무 숲 가운데에 있는 아치레알레 예배당보다 더 푸르고 더 예쁘고 매력적인 것은 아무 데도 없을 것이다. 가끔, 나무들 너머로, 우리는 또다시 세월에 저항하며 넓게 퍼진 검은 물결을 보았다. 그것은 화산이 폭발할 때의 모습이다. 부둥켜안은 짐승 모양의 독특한 윤곽이나 수족이 비틀어진 형태로 굳어져 있다.

여기 전적으로 용암 위에 세워진 광대하고 아름다운 도시, 카타니아가 있다. 그런데 호텔의 창문에서 우리는 에트나 화산의 꼭대기 전체를 볼 수 있을 것이다. 에트나 화산에 올라가기 전에 그 역사에 대해서 몇 줄 적어 보자.

고대인들은 이곳에 헤파이스토스 신의 작업장을 만들었다. 핀다로스고대 그리스의 서정시인는 이 화산이 476번 분출했다고 묘사했으나, 호메로스는 화산에 대해서 언급하지 않았다. 그렇지만 그는 이미 역사 시대 이전에 시칸네 사람들시칠리아 섬의 선주민들에게 에트나로부터 멀리 도망가라고 강조한 바 있었다. 지금까지 화산은 약 80번 폭발했다고 알려져 있다.

기원전 396년, 126년과 122년에 발생한 폭발이 가장 격렬한 분출이었다. 그 후에는 1169년, 1329년, 1537년에 폭발했다.

특히 1669년에는 화산 폭발로 2만 7천 명 이상의 거주민들이 이재민이 되었고, 어마어마한 숫자의 사람들이 죽었다. 두 개의 높은 산, 몽트로시가 땅에서 솟아난 것은 바로 그때였다.

1693년에는 끔찍한 지진을 동반한 화산이 폭발해서 약 40개 도시들이 파괴됐고, 10만 명 가까이 되는 사람들이 화산재 더미 아래에 깔렸다. 1755년에 또다시 화산이 폭발하여 무시무시한 참화를 일으켰다. 1792년의 폭발과 1843년, 1852년, 1865년, 1874년, 1879년 그리고 1882년의 화산 분출도 마찬가지로 격렬했고 많은 인명을 빼앗아 갔다. 때로는 용암이 큰 분화구에서 분출하기도 했고, 때로는 산의 측면에서 넓이 50~60미터에 이르는 분출구를 열고, 크레바스에서 새어 나와 평지로 흘러 내려가기도 했다.

이미, 1874년에 폭발한 적이 있던 분화구에서, 1879년 5월 26일에는 해발 약 2,450미터로부터 높이 170미터의 새로운 원추형 화구를 만들면서 용암이 높이 솟아 나왔다.

그 용암은 빠르게 내려가면서 링구아글로사에서 롱다조까지의 길을 휩쓸고는 알카타라 강 가까이에 가서야 멈췄다. 분출이 열흘 이상 지속되지 않았음에도 용암이 휩쓸고 간 표면적은 2만 2,860헥타르에 이른다. 이 기간 동안에 산꼭대기의 분화구에서는 짙은 수증기와 모래와 화산재들만을 뿜어내고 있었다.

알프스 클럽 회원이며 그랑데 호텔 사장인 라구사 씨의 과도

한 배려 덕분에 우리는 매우 쉽게 이 화산에 올라갔다. 약간은 고되지만 조금도 위험하지 않은 등반이었다.

먼저 자동차를 타고 들판을 통과하여, 잘게 쪼개진 용암 속에서 뻗어난 나무들로 가득 찬 정원들을 지나서 니콜로시로 갔다. 이따금, 길을 가로막은 거대한 용암이 흐르는 곳을 지나가기도 했는데, 도처에 흙은 온통 검은색이었다.

완만한 경사를 오르며 드라이브한 지 세 시간 만에 우리는 에트나 산 발치에 있는 마지막 마을인 니콜로시에 도착했다. 해발 700미터에 이르며 카타니아 마을에서 14킬로미터 떨어져 있는 마을이다. 거기서 우리는 자동차를 버리고 노새들을 몰고 온 안내자들을 만나서 양말과 털장갑으로 무장하고 모포를 두르고 다시 출발했다.

오후 네 시였다. 동쪽에서 올라오는 작열한 태양이 이 낯선 땅 위에 떨어지며 대지를 불태웠다. 노새들은 주위에 구름처럼 일어나는 먼지 속에서 짓눌린 걸음으로 천천히 간다. 짐 꾸러미와 저장식품들을 등에 매달고 맨 마지막에 따라오는 노새가 자주 멈춰 섰다. 무익하고 고통스러운 이 행군을 또 다시 감행해야 해서인지 침통해 보였다.

주위에는 포도나무들이 있다. 용암 속에 심긴 포도나무들 가운데 어떤 것들은 어리고 어떤 것들은 오래되었다. 그리고 광야가 펼쳐진다. 꽃이 핀 금작화로 덮인 용암의 광야, 금빛 광야다.

1882년에 폭발했던 거대한 분출구를 통과해서, 검고 움직임이 없는 거대한 흐름 앞에서 걸음을 멈추었다. 저기, 연기가 피어나는 산꼭대기에서부터 흘러내려 와 이토록 멀리, 아주 멀리 약 20킬로미터까지 내려와 거품을 일으키다가 화석이 된, 이 용암의 흐름 앞에서 전율하며 서 있었다. 이 물결은 골짜기를 따라가다 산봉우리를 돌아 광야를 지난다. 불의 근원이 고갈되자 그 흐름을 도중에 갑자기 멈춰 버린 용암 줄기가 지금 이곳에 우리 가까이에 있다.

우리는 몽트로시를 왼쪽에 남겨 두고, 이 괴물 주위에 솟아나서 마치 목걸이처럼 걸려 있는 또 다른 많은 오름들을 끊임없이 발견하면서 올라갔다. 안내자는 그 산들을 에트나의 자식들이라고 말한다. 조상으로 물려받은 검은 자식들이 약 350개가 있고 그들 중 많은 산들은 베수비오 화산 크기만 하다.

현재, 우리는 용암 속에서 끈질기게 돋아난 메마른 숲을 통과했다. 그런데 갑자기 바람이 불었다. 처음에는 잔잔한 미풍이더니 이어 갑작스럽게 거친 숨결로 세차게 불어오다가 마침내 짙은 먼지를 일으키며 몰아치는 맹렬한 돌풍으로 변했다.

바람이 잔잔해지기를 기다리려고 용암의 벽 뒤에서 멈췄다. 거기서 밤까지 머물러야 할 것이다. 결국 계속되는 폭풍에도 불구하고 떠나야만 했다.

그리고 조금씩 추위가 우리를 엄습했다. 산에서 파고드는 추위는 피를 얼리고 팔다리를 마비시켰다. 마치 추위가 바람 속에 숨어서 매복한 것 같았다. 그것은 눈을 찌르고 동상 걸린 피부를 할퀸다. 몸을 담요로 둘러서 아랍인처럼 온통 하얗게 감싸고, 장갑을 끼고, 두건을 머리에 두른 채 울퉁불퉁하고 음산한 오솔길을 걸어갔다. 뒤에서 노새들이 뒤뚱거리며 뒤따랐다.

마침내 대여섯 명의 나무꾼이 살고 있는 오두막집, 카사 델 보스코에 다다랐다. 가이드가 이 같은 폭풍우 속에서 더 멀리 가는 것은 불가능하다고 단언했다. 그래서 우리는 밤을 이 대피소에서 보내야 했다. 사람들이 일어서서 불을 켰다. 그리고 벼룩들이 우글거릴 듯싶은 얇은 매트 두 장을 우리에게 양보해 주었다. 오두막 전체가 몰아치는 폭풍우 속에서 흔들렸다. 거세게 부는 바람이 지붕 위에서 기와를 떨어뜨리며 지나갔다.

아마도 산꼭대기에서 일출을 보기는 힘들 것이다. 잠을 자지 않고 휴식을 취한 지 몇 시간 후에, 우리는 다시 길을 나섰다. 날이 샜고 바람은 잔잔해졌다.

눈이 부시도록 하얗게 빛나는 눈으로 덮인 정상을 향해 천천히 올라갔다. 300미터 높이의 마지막 원추형 화구의 발치 아래에는 골짜기가 많은 검은 지역들이 주변에 펼쳐졌다.

무척이나 파란 하늘 중천으로 태양이 떠올라 왔음에도 불구하고 거대한 산꼭대기의 잔혹한 추위는 손가락을 마비시키고, 피부를 화끈거리게 했다. 노새들은 우리의 앞뒤로 용암으로 이루어진 환상적인 풍경을 우회하는 구불구불한 오솔길을 천천히 따라왔다.

첫번째로 눈구덩이 벌판이 나타났다. 황급히 방향을 바꾸어 그곳에 빠지는 것을 모면했다. 그러나 또 다른 눈구덩이 벌판이 나타났기 때문에 일직선으로 통과해야 했다. 짐승들이 앞으로 나가기를 망설이다가 발로 쌓인 눈을 더듬거리며 조심스럽게 앞으로 나아갔다. 갑자기 땅속에서 무엇인가 나를 삼켜 버리는 것 같은 난폭한 감각을 느꼈다. 내가 몰고 가던 노새의 앞다리들이 내디딘 눈 바닥이 터지면서 두 다리가 가슴팍까지 푹 빠졌기 때문이다. 노새가 발버둥치다 질겁해서 다시 일어났다 또다시 빠지다가 다시 네 발로 박차면서 다시 일어났다.

다른 가축들도 똑같았다. 우리는 땅으로 뛰어내려서 그것들을 진정시키고 일으켜서 끌고 가야만 했다. 매번 이 짐승들은 이 하얗고 차가운 눈덩이 속에 배까지 잠기고, 이따금씩 우리도 발을 디디면 무릎까지 잠겨 오기도 한다. 작은 계곡들을 채우고 있는 이 눈길 사이로, 빛나는 검은 벨벳으로 덮인 거대한 밭처럼 광대하게 펼쳐진 용암 벌판을 만났다. 이것은 태양 아래에서 반짝이는 눈만큼이나 빛났다. 그곳은 바로 매우 검고, 매우 희며, 맹목적이고, 무시무시하고, 또한 찬란하고 잊지 못할 슬픔에 잠겨 있는 것처럼 보이는 죽음의 고장, 즉 사막과 같은 고장이다.

네 시간 동안이나 힘들게 걸은 후에, 우리는 돌로 된 자그마한 집, 카사 인그레즈에 도착했다. 얼음으로 둘러싸여 있는 이 집은 뒤쪽으로 어마어마한 부피의 연기가 수직으로 솟아 올라가는 마지막 분화구 아래에 쌓인 눈 속에 거의 파묻혀 있다.

사람들이 보통 분화구 가장자리에서 해돋이를 보기 위해 짚더미 위에서 밤을 지내는 곳이 바로 이 집이다. 우리는 그곳에 노새들을 남겨 둔 채, 발밑으로는 용암이 굳어진 무시무시한 벽을 기어 올라가기 시작했다. 매달릴 수도 없고, 전혀 붙잡을 것도 없는 곳이었다. 세 발짝을 시도하고는 겨우 한 발짝을 성공시켜 다시 내려올 수 있는 곳이다. 우리는 무른 땅에 쇠로 된 지팡이를 박으며, 숨을 내쉬면서 헐떡거리고 내려오면서도 끊임없이 멈추어야 했다.

그러므로 조금도 미끄러지지 않고 다시 내려오기 위해서는 지팡이를 다리 사이에 꽂아야만 한다. 앉아 있을 수도 없을 정도로 급경사진 곳이기 때문이다.

300미터를 올라가는 데는 대략 한 시간 정도가 소요된다. 몇 시간 전부터, 유황이 섞인 수증기가 이미 우리 목까지 찼다. 우리는 때때로 오른쪽에서, 또 때로는 왼쪽에서, 땅속 갈라진 틈으로부터 거대하게 분출하는 연기 기둥을 발견했고, 뜨겁고 커다란 돌 위에 손을 올려놓았다. 마침내, 좁고 평평한 조망대에 다다랐다. 우리 앞에 마치 땅으로부터 솟아 올라가는 흰색 커튼처럼, 두터운 연기가 천천히 피어오른다. 우리는 유황 연기에 질식되지 않도록 코와 입을 막고 다시 앞으로 나아갔다. 갑자기 우리 발 앞에 경이로운 광경이, 대략 주위가 5킬로미터 될 성싶은 정도의 무시무시한 심연이 펼쳐진다. 우리는 간신히 숨 막히게 내뿜는 수증기들 너머로, 기괴한 구덩이의 가장자리 폭은 1,500미터이고, 그 수직 벽은 신비롭고 공포스러운 불의 나라를 향해 움푹 패어 있다는 것을 알았다. 노새들은 조용하다. 그것들은 깊이, 아주 깊이 잠들어 있다. 무거운 연기만이 3,312미터 높이의 신기한 굴뚝으로부터 빠져나온다.

우리 주위에 있는 모든 것이 여전히 매우 이상하다. 시칠리아 섬 전체가 해안가에 머물며 땅만 덮고 있던 안개 속으로 숨어 버렸다. 그래서 하늘 한복판에, 바다 한가운데에, 구름 위에 너무 높이, 아주 높이 서 있어서 도처에 까마득히 펼쳐져 있는 지중해가 여전히 푸른 하늘처럼 보인다. 따라서 바다와 하늘의 쪽빛이 우리를 사방에서 감싸고 있다. 머리 위와 발밑, 사방으로 펼쳐져 있는 하늘 안에 우리가 잠겨 있고, 구름 속을 뚫고 나온 경이로운 모습을 띠고 있는 산 위에 우리가 서 있다.

그러나 점점, 섬 위로 펼쳐진 구름들이 우리 주위로 올라와서, 마침내 구름무리와 구름 심연의 한가운데에 있는 커다란 화산을 삼켜 버린다. 우리는 이제 수순에 따라 온통 하얀 분화구의 밑바닥에 있다. 그곳에서 창공을 바라보면, 그 위로 파란 하늘만이 눈에 들어올 뿐이다.

어떤 날에는 그와 같은 광경이 아주 다르다고들 한다. 사람들은 칼라브리아 해안 뒤쪽에 나타나는 일출을 기다린다. 그 해안들은 멀리 그들의 그림자를 바다 위, 에트나 산 아래까지 드리우고, 그 그림자의 검고 거대한 실루엣은 커다란 삼각형으로 시칠리아 섬 전체를 덮어 버리고, 별이 뜨면서 사라진다. 사람들은 그때 직경이 400미터 이상이나 되고, 북쪽의 이탈리아와 리파리 군도와 함께 주변이 1,300킬로미터나 되는 파노라마를 발견하게 된다. 리파리 섬에 있는 두 화산은 그들의 아버지인 에트나 화산에게 인사하는 것처럼 보인다. 게다가 남쪽으로는 몰타 섬이 살짝 보인다. 시칠리아 항구에 있는 배들은 마치 바다 위에 떠 있는 곤충처럼 보인다. 알렉상드르 뒤마는 이러한 광경을 매우 행복하게, 매우 열광적으로 묘사한 바 있다.

우리는 힘들게, 분화구의 가파른 원추형 화구를 다시 내려와서, 바로 산 정상을 둘러싸고 있는 두터운 구름지대로 들어간다. 안개 속으로 한 시간을 걷고 난 후에, 우리는 마침내 그곳을 통과했다. 우리 발 아래에서, 만, 갑, 마을들과 초록색의 둘쭉날쭉한 섬들이 보이고, 그것들을 둘러싸고 있는 드넓고 푸른 바다가 보인다.

카타니아로 다시 돌아와서 우리는 이튿날 시라쿠사로 떠났다. 바로 이 특별하고 매혹적인 작은 도시를 거치지 않고서는 시칠리아 여행을 끝낼 수 없다. 이 도시는 대도시만큼이나 유명했다. 시라쿠사의 참주들은 그 유명한 네로 황제처럼 통치했고, 이 도시는 시인들에 의해서 유명해진 포도주를 생산하기 때문이다. 이 도시를 내려다보고 있는 만 가장자리에, '아나푸'라는 아주 작은 강이 있는데, 그곳에서는 생각을 비밀스럽게 지키고 보호하는 데 중요한 역할을 하는 파피루스가 쑥쑥 자란다.

이 도시는 그들의 성 안에 세상에서 가장 아름다운 비너스 가운데 하나를 감추고 있다. 사람들은 몇몇 기적을 일으키는 동상이 있는 성지를 순례하기 위해 유럽 대륙을 횡단한다. 내 경우는 시라쿠사의 비너스를 숭배했다!

한 여행자의 앨범에서, 나는 대리석으로 조각된 고상한 여성의 사진을 보았다. 그리고 나는 그녀를 마치 실제의 어떤 여인을 사랑하듯이 사랑하게 되었다. 아마도 이 여행을 하도록 결심하게 만든 것도 이 여인일 것이다. 나는 그녀에 대해서 말해 왔고, 그녀를 보기 전까지 매 순간 그녀에 대한 꿈을 꿨다.

그런데 우리는 현대의 엠페도클레스라고 불리는 학자, 프란체스코 사베리오 카바라리의 배려를 구해, 그가 관장하고 있는 박물관에 들어가기로 약속한 시간보다 너무 늦게 도착했다. 그가 에트나의 분화구 안으로 커피를 마시러 내려간 뒤였다.

그래서 삼면의 성벽 사이로 각각 바다로 통하는 세 지류가 지나가고, 또 그 삼면의 성벽에 의해서 육지와 분리된 작은 섬 위에 세워진 마을을 여기저기 돌아다녀야 했다. 만 가장자리에

자리 잡고 있는 그 마을은 작고 멋진 곳으로 바다까지 내리뻗은 산책로와 정원도 갖추고 있다.

그 다음에 우리는 하늘로 향해 열린 커다란 동굴들, 즉 라토미채석장으로 갔다. 처음에는 채석장이었다가, 니키아스의 패배[*] 이후에, 포로로 잡힌 아테네군을 여덟 달 동안 감금시킨 감옥이 된 곳이다. 거기서 포로들은 진흙바닥에 붐비는 사람들과, 동굴의 무시무시한 열기와 배고픔과 갈증으로 고문과도 같은 고통을 받으며 죽어 갔다.

그 동굴 중에 하나인 '천국의 채석장'에서, 사람들은 동굴 끝에 있는 '디오니시오스의 귀'라고 불리는 이상한 통로를 보게 된다. 입구가 귀 모양으로 생긴 그 동굴에서, 희생자들의 탄식이 들려온다는 것이다. 또한 다른 이야기도 전해 오고 있다. 몇몇 창의력이 풍부한 학자들은 이 동굴 지하에 있는 방은 아래쪽의 그리스 극장과 소통하기 위하여 마련되었으며, 그런 용도로 이 지하방이 이용되었다고 주장한다. 이 동굴이 연극을 상연하는 데 있어서 엄청난 소리의 울림을 준다는 것이다. 왜냐하면 그곳에서는 아주 작은 소리도 놀라운 공명을 일으키기 때문이다.

이 '천국의 채석장'에서 가장 신기한 것은 분명히 하얀색 절

---

[*] 니키아스(Nikias)는 기원전 5세기 고대 아테네의 정치가 겸 군인으로 페리클레스 사망 후 활약한 인물이다. 시칠리아 섬 원정에 나섰다가 승기를 놓치고 붙잡혀 적군의 손에 의해 처형되었다.

벽 안에 있는, 궁륭과 아치, 커다란 바위에 의해 분리된 채 넓고 깊은 정원을 갖춘 카푸친회 수도원들의 신비로움이다.

좀더 멀리 가면 카타콤베^{지하묘지}를 방문하게 되는데, 이곳 면적은 200헥타르에 이른다. 그곳에서 카바라리 씨는 유명한 고대 기독교식 석관 중에 가장 아름답다고 알려진 것을 발견했다.

우리는 바다 위에 우뚝 선 볼품없는 호텔로 돌아와서, 닻을 단 배 안에 있는 붉은 구멍과 푸른 구멍을 쳐다보면서, 늦게까지 계속해서 꿈을 꿨다.

아침이 되자마자 곧, 우리의 방문을 미리 알고 있던 사람들이 우리에게 마을의 예술작품과 수집품이 소장된 작고 매혹적인 궁전의 문을 열어 주었다.

박물관 안으로 들어서자, 나는 미리 예상한 대로 그 아름다운 여인을 방 끝에서 알아보았다. 그녀는 머리도 없었고, 팔 한쪽도 없었다. 그러나 나는 그보다 더 감동을 주고, 그보다 더 주목을 끄는 인간의 모습을 본 적이 없었다.

그녀는 밀로의 비너스처럼 신적이거나 장엄한 여인도, 시화^{詩化}되거나 이상화된 여인도 전혀 아니다. 그녀는 있는 그대로의 여인, 우리가 사랑하는 여인, 우리가 갈망하는 여인, 우리가 포옹하고 싶은 그런 여인이다.

그녀는 약간은 묵직한 다리, 팽팽한 둔부, 풍만한 가슴의 살찐 여인이다. 바로 사람들이 그녀를 볼 때마다 동침하기를 꿈꾸게 만드는 관능적인 비너스이다. 내려뜨린 그녀의 팔은 가슴을 가리고, 남은 한 손으로는 사랑스러운 몸짓으로 가장 신비스러운 매력을 덮고 있는 옷감을 쥐고 있다. 몸 전체는 이러한 움직임을 위해서 고안되어 만들어졌다. 기울어진 몸 전체로 흐르는 선율은 그것을 위해 집중되고, 모든 생각은 그것을 향한다. 숨기는 듯 감추고, 가리는 듯 드러내며, 유인하는 듯하면서도 숨어 버리는 수줍음과 관능으로 가득 차 있는 이 단순하고 자연스러운 몸짓은 지구상에 있는 여성의 모든 모습을 대변하는 것처럼 보인다.

대리석은 살아 있다. 사람들은 마치 살아 있는 육체를 대하듯이, 손 아래 굴복시킬 수 있을 듯한 확신으로 그녀를 만지고 싶어 한다. 특히, 허리는 설명할 수 없을 만큼 생동감을 지니며 아름답다. 그녀의 모든 매력으로, 목덜미에서 어깨죽지까지, 어깨 둘레가 드러나는 여인의 둥그렇고 풍만한 선을 드러내며, 아래로 가늘게 내려오는 넓적다리의 둥근 윤곽과 발목까지 날씬해 보이는 장딴지의 가벼운 곡선 속에서, 인간의 우아함을 전부 다 보여 주고 있다. 예술작품이란 사실의 정확한 표현과 동시에 상징성이 내포될 때만 탁월하다. 시라쿠사의 비너스는 한 여인이며, 또한 여인의 육체의 상징인 것이다.

「모나리자」 앞에서, 사람들은 자신도 모르게 초조하게 만드는 신비로운 어떠한 사랑의 유혹에 끊임없이 사로잡힌다. 또한 그곳에는 우리에게 실현불가능하고 신비롭고 부드러운 꿈을 꾸게 하는 살아 있는 여인들의 시선들이 존재한다. 사람들은 그 존재 이외의 다른 것을 그 여인들에게서 찾으려 한다. 그 이유는 그 여인들이 얼마간 붙잡기 어려운 이상을 간직하고 표현하는 것처럼 보이기 때문이다. 사람들은 생각이 담겨 있는 것으로 보이는 아름다움이 주는 모든 경이로움에 대해서는 뒤로 미루어 놓고, 단지 무지개의 느낌만 주는 시선의 무한함 속에서, 칠보의 반짝임과 입술 주름으로부터 오는 미소의 매력 속에서, 그리고 형태의 조화와 우연에 의해 발생한 움직임의 우아함 속에서 결코 다다를 수 없는 것을 추구한다.

이와 같이 별을 따는 무능력자들, 시인들은 항상 신비로운 사랑에 목말라하며 괴로워했다. 예술적인 자극으로 감정이 고조된, 시적 영혼의 자연스러운 열정은 이 엘리트들에게 육체적인 접촉 없이도 감각적이고, 어떤 것도 사라지지 못하게 만들 정도로 섬세하고, 실현불가능하고, 초인적이고, 결코 싫증나지 않고, 황홀하면서도, 미친 듯이 부드럽고, 어렴풋한 사랑을 느끼도록 부추긴다. 아마도 이러한 시인들은 한 여자를, 여성의 자질과 결점을 지닌, 매어 있으면서도, 매력적인 생각으로 신경과 관능을 자극하는 여성성을 가진, 여성의 살과 뼈를 지닌 진정한 여자를 결코 사랑해 보지 않았던 유일한 남자들이었을 것이다.

누군가 앞에서 그들의 꿈으로 인해 열광하는 모든 피조물은 신비롭지만 환상적인 존재의 상징이다. 그래서 환상의 가수들이 이 상징적 존재에 대해서 노래하는 것이다. 그녀는 그들에게 사랑받는 실재 인물처럼, 자신 앞에 대중을 무릎 꿇게 하는 신의 이미지로 묘사된 동상과 같은 어떤 존재이다. 이 신은 어디에 존재하는가? 이 신은 어떠한 신인가? 첫번째 몽상가에서 마지막 몽상가에 이르기까지 그들 모두가 미치도록 숭배했던 미지의 존재는 하늘 어디에 살고 있는가? 그녀가 그들의 요구에 응답하여 손을 내밀자마자, 그들의 영혼은 육체적 현실로부터 멀리 떨어진, 보이지 않는 꿈속으로 날아간다.

그들이 포용하는 그 여인을 시인들은 예술로 변화시키고, 완성시키고, 변형시킨다. 그들이 입 맞추는 것은 그녀의 입술이 아니고, 바로 꿈꿔 오던 입술이다. 이처럼 그들의 흥분된 시선을 가라앉게 하는 것은 그들의 파랗거나 또는 까만 눈 깊숙한 곳에서가 아니라, 알려지지 않고, 알 수 없는 무언가의 내부에서이다! 그들의 여주인의 눈은 단지 창일 뿐이며, 그 창을 통해서 그들은 이상적인 사랑의 천국을 보려고 애쓴다. 가령 매혹적인 몇몇 여인들이 우리들의 영혼에 이런 흔하지 않은 환상을 줄지라도, 다른 여인들은 운 좋게 우리의 자손을 생산하게 만든 열렬한 사랑만을 부추기게 만든다.

시라쿠사의 비너스는 이 강렬하며 건강하고 단순한 미의 완벽한 표상이다. 파로스의 대리석으로 만들어진 이 놀라운 토르

소머리, 손, 발이 없는 조상는 시라쿠스인들에게 엘라가발루스기원전 3
세기 고대 로마의 황제가 만들어 준 것으로, 아테네와 람프리드가 묘
사한 이른바 칼리피즈엉덩이가 아름다운 비너스이다. 그녀는 머리
가 없다! 상관없다! 그 상징은 가장 완벽한 것이 되었다. 그것은
바로 애무에 대한 사실적인 시를 전부 표현하는 여인의 몸이다.

쇼펜하우어는 종의 영속을 원하는 자연은 번식을 목적으로
계략을 세웠다고 말했다. 시라쿠사에서 본 이 대리석 동상은 바
로 고대 예술가에 의해 예언된 인간의 계략이며, 이 여인은 삶의
황홀한 신비를 감추거나 보여 준다는 것이다.

그것이 계략인가? 할 수 없지! 그녀는 입술을 요구하고, 손길
을 유인하며, 희고 둥글며 탄력적이고, 감탄스러운 육체의, 포옹
안에서 유연하고 관능적인 육체의 사실적 촉감으로 입맞춤한
다. 그녀는 신성하기도 하고, 그렇지 않기도 하다. 왜냐하면 그
녀는 그녀의 생각을 표현할 뿐만 아니라 아름답기 때문에.

그리고 사람들은 그녀에게 감탄하면서 시라쿠사의 청동으로
조각한 숫염소를 생각한다. 세상의 모든 동물성을 표현한 것처
럼 보이는, 팔레르모 박물관에서 가장 아름다운 동상이다. 이 힘
센 동물은 누운 모습으로 다리 위에는 몸통이 있으며, 머리가 왼
쪽으로 돌려져 있다. 이 동물의 머리는 신의 머리, 순수하지 않
으나 멋들어진 짐승 같은 신의 머리처럼 보인다. 이마는 넓고 주
름졌으며, 눈의 간격은 넓고, 비범한 야수적 표정으로 돌을새김

한 코는 길고 강하며 납작하다. 뒤로 내민 뿔들은 두 뿔과 닮은 얇은 귀 밑으로 날카로운 그 끝이 벌어진 상태로 늘어져서 말린 채 구부려져 있다. 그 짐승의 시선이 우리에게는 얼빠지고 불안하고 좀 힘들어 보인다. 사람들은 이 청동상에 다가가면서 야수를 느낀다.

그렇다면, 이 훌륭한 두 예술가가 이렇게 다른 두 모습으로 표현한 피조물의 소박한 아름다움은 무엇이었을까? 이 두 동상은 나에게 실재하는 존재처럼, 그들을 다시 보고 싶은 열망을 남겨준 유일한 동상들이다. 관람을 끝내고 나가는 순간에 나는 다시 한번, 사람들이 사랑했던 여인을 떠날 때면 문간에서 던지게 되는 마지막 시선을 이 대리석으로 된 엉덩이에게 주었다. 그러고 나서 곧장 작가로서의 나의 의무인, 아나푸 강의 파피루스에게 인사를 고하기 위해 보트에 올랐다.

이쪽 강가에서 저쪽 강가로 만을 건너면서, 평평하게 드러난 강변 위로 거의 개울만큼 매우 작은 강의 어귀를 발견했다. 그곳으로 배가 진입한다. 배가 거슬러 올라가기에는 물살이 세고 거칠다. 황금처럼 노랗고 작고 반짝이는 꽃들로 덮인 두 제방 사이로 빠른 물살 위로 미끄러지듯이 가기 위해서, 때로는 노를 젓고, 때로는 갈고리 장대를 사용한다.

여기에는 우리가 지나가면서 구부러뜨린 갈대들이 구부려져 있거나 그대로 서 있다. 그리고 물 밑으로 뿌리를 담근, 짙은 파란색을 띤 푸른 아이리스 위로 마치 벌새처럼 진줏빛으로 살랑 거리는 커다랗고 투명한 날개를 단 잠자리들이 수없이 날아다 닌다. 방금, 우리를 가두고 있는 두 경사지 위에는 큼직한 엉겅 퀴와 터무니없이 큰 메꽃들이 개울가의 갈대와 땅의 식물들을 함께 돌돌 감으면서 쑥 올라왔다.

아래로 물 밑에는, 그들을 흔드는 조류 속에서 움직이고 부유 하고 수영하듯이 물결치는 커다란 물풀숲이 펼쳐져 있다.

나중에, 아나푸 강은 그의 지류인 옛 키아네 강과 분리된다. 우리는 여전히 두 제방 사이로 장대를 던지러 간다. 그 개울은 꽃들이 피어 있고, 아기자기하게 아름다운 경관을 보여 주는 지 점과 더불어 꾸불꾸불 굽어져 흐른다. 마침내 특이한 소관목이 빼곡한 섬이 보인다. 9~12피트 높이의 여린 세모꼴 줄기의 꼭 대기는 길고 가냘프고 잘 휘는 녹색의 어린나무가 둥근 덤불을 이루는 것이 마치 머리털 같다. 옛날에 저기에 살고 있던 이방의 신들 중 어떤 신이 샘의 성스러운 물속에 인간의 머리들을 던져 서 그와 같은 식물이 되었다고 사람들이 말한다. 이것이 바로 고 대의 파피루스이다. 게다가, 농부들은 이 갈대를 '파루카'parruca 라고 불렀다. 더 멀리에 있는 다른 사람들은 숲 전체를 그와 같 이 불렀다. 그 머리들은 몸을 떨고 중얼거리고 몸을 구부리며 머 릿카락이 난 이마를 헝클고 부딪히고 멀리 알지도 못하는 것에 대하여 말하는 것 같았다.

우리에게 인간 정령의 수호자인 죽은 자들의 생각을 전수해 주는 존경할 만한 이 소관목이, 관목의 아주 어린 몸통 위에 마치 시인의 덥수룩한 머리털처럼 나풀거리고, 굵고 두꺼운 머리털을 갖고 있다는 것이 이상하지 않은가? 해가 넘어갈 때, 우리는 시라쿠사로 다시 돌아왔다. 그리고 우리는 정박지에서 이제막 도착한 대형 여객선을 바라본다. 바로 오늘 밤에 우리를 아프리카로 데려갈 배이다.

옮긴이 해제

시칠리아는 남서쪽에 아프리카 대륙의 튀니지, 남동쪽으로 몰
타가 근접해 있으며, 북동쪽으로 이탈리아 본토와의 사이에 메
시나 해협이 있는 지중해에서 가장 큰 섬이다. 대부분 산악 지대
로서 지진과 화산 활동이 활발한 곳이며, 특히 에트나 화산은 높
이가 3,320m로 거대한 활화산이다.

시칠리아에 대해서는 이미 괴테가 모파상보다 100년 전[1787]
에 "시칠리아를 보지 않고 이탈리아를 보았다고 말할 수 없다"
고『이탈리아 여행기』에서 소개한 바 있다.

사실 모파상이 시칠리아를 여행하기 위해 파리를 탈출할 때,
그가 넌덜머리낸 것은 바로 현대성modernité이었다. 프랑스 대혁
명 100주년을 기념하기 위해 조성된 에펠 탑에서 세계박람회가
개최된 지 1년 후에 집필한『방랑 생활』La Vie errante, 1890에서 솔
직히 고백하고 있다.

"나는 파리를 떠나고 프랑스도 떠났다. 에펠 탑은 나를 못 견
디도록 권태롭게 하기 때문이다. 도처에서 에펠 탑을 바라볼 수
있을 뿐만 아니라, 가는 곳마다 에펠 탑을 만나야 하기 때문이
다. 피할 길 없이 따라다니며 고통을 주는 유령처럼, 각종 재료

로 만들어진 에펠 탑 모형을 도처에서 발견하기 때문이다."

또한 모파상은 일종의 우울증을 치료하기 위한 방편으로, 그리고 지칠 줄 모르는 호기심에서 여행을 즐긴다. 그는 사상을 맑게 해주는 작열하는 태양을 갈망하며, "두 눈으로 눈부신 햇빛이 끊임없이 들어오면, 그 빛이 영혼의 어두운 구석을 밝혀 준다"는 지중해로 떠나 시칠리아를 여행한 것이다.

모파상의 시칠리아 여행기를 보며 내내 조녀선 스위프트의 『걸리버 여행기』가 떠올랐다. 말만 '여행기'이지, 실은 사회와 인간에 대한 신랄한 고발소설인 『걸리버 여행기』, 특히 "마인국"^{馬人國}에서 '야후'로 불리며 펼쳐지는 인간의 추악성은 단순한 풍자를 넘어서 섬뜩하기조차 하다. 이 또한 성직자인 스위프트의 인간에 대한 연민과 애정이 밑바닥에 깔려 있기 때문이리라(오늘날 인터넷에 '야후'www.yahoo.com가 있기도 하다).

이렇게 『걸리버 여행기』가 일반적인 '로드 맵'이 아니라 일종의 '소셜 맵'인 것처럼, 모파상의 시칠리아 여행기는 '아트 맵'이라 할 수 있다. 그는 시칠리아의 풍광과 건축물들을 보며 천혜의 자연과 조화를 이루고 있는 유럽 본래의 예술세계를 더듬는다. 에펠 탑으로 나타나는 문명의 오만과 속물성을 혐오하면서, 시칠리아에 보존된 유럽 예술의 참 모습을 새삼 부각시켜 나간다.

그는 자연의 아름다움과 예술적 미를 겸비한 시칠리아를 주도시인 팔레르모부터 음미해 간다. 몬레알레 성당의 순수함과 평온함 속에서 일종의 천국에 온 것을 느끼며, 즐비한 수도원들의 모자이크와 건축의 예술성을 탐닉하고, 유황 천국인 불카노 산 등정과 인간의 욕망을 괴기스럽게 과시하는 카푸친회 수도원의 지하묘지에서 악마를 발견한다. 에트나 산의 분화구에서 산과 바다와 하늘의 경계선이 무너진 우주 속에 홀로 서 있는 전율을 느끼며, 타오르미나의 경관을 바라보면서 "우리의 눈과 영혼, 상상력을 유혹하기 위해 만들어진 것처럼 보인다"고 찬탄한다. 마침내 모파상의 심미안은 건강하고 소박한 아름다움을 뭉근하게 풍겨 주는 시라쿠사의 비너스를 사랑하게 된다.

그리스·로마·아랍·독일·프랑스·스페인 등에 이르는 수없는 외세의 침략을 받고 낙후되었던 땅. 국가의 보호를 받지 못하자 부득이 재산을 지키기 위해 사병을 두었기에 마피아의 본거지가 되었던 장소. 하지만 오히려 모든 문화를 수용하고, 나아가 독창성을 발휘한 예술의 보물창고, 이것이 모파상이 본 시칠리아의 남다른 가치였다. 특히 건축 예술에 대해선 감탄을 금치 못하며, 이미 희미해진 유럽 예술의 원형을 재발견하고 새삼 매료된다. 시칠리아 건축예술은 그리스·이집트·노르만·아라비아 등 각 예술의 특별한 흔적을 지니면서도, 시칠리아식이라는 가장 매력적이고 다채롭고 상상력이 풍부한 양식을 창출하였다. 모파상은 무엇보다 그 장식예술의 탁월한 우수성에 감탄한다.

모파상은 시칠리아를 "신과 악마의 거소"라고 부르면서 섬 전체가 처음부터 끝까지 아름답고 신성한 '건축박물관'이라고 찬탄해 마지않는다. "오늘날 이러한 것들을 만들 줄 아는 사람들이 대체 어디에 있는가? 옛날 사람들, 그들은 우리 시대의 사람들과 완전히 다른 영혼과 눈을 갖고 있었다. 그들의 혈관 속에는 그들의 피와 함께 사라진 무엇인가, 즉 아름다움에 대한 사랑과 찬미가 흐르고 있었다."

이와 같이, 유럽 대륙에서 사라져 가는 '미를 사랑하고 감탄하는 열정'이 이곳에 남아 있다며 찬탄과 아쉬움을 토로하는 모파상의 여행기는 유럽 예술의 원형을 보존·부흥해야 한다는 메시지를 전한다. 이 책은 인간 영혼이 지닌 아름다움과 창조성에 대한 재인식과 분발을 촉구하는 안내서이자, 우리의 심미안을 계발시켜 주는 '아트 맵'의 역할을 한다.

"환상적인 흐름, 응고된 빛, 태양의 분출"인 시칠리아로 안내하는 모파상을 따라, 우리 내면에 잠재된 예술적 본성을 탐험해 보면 어떨까?

모파상의 삶과 작품

우리에게 『여자의 일생』으로 잘 알려진 모파상은 1850년 6월 5일 노르망디의 디에프 근처의 미로메닐 성에서 태어나서, 300편 이상의 방대한 작품들을 남기고 1893년 7월 6일에 43세로 생을 마감했다.

본명은 앙리-르네-알베르-기 드 모파상Henry-René-Albert-Guy de Maupassant이다. 아버지 프랑수아 알베르 귀스타브 드 모파상은 물려받은 재산과 주식관리인으로 부유한 편이었고, 어머니 로르는 지적인 미인으로 루앙의 상류층인 르 푸아트뱅 가의 딸이다. 장남으로 태어난 모파상은 아버지에게서 명석한 지성을, 어머니에게서 품성과 문학적 재능을 이어받았다. 12세 때 부모가 이혼하게 되어 바람기 있는 아버지는 파리로 떠나고 모파상은 바다와 산을 사이에 두고 있는 에트레타 마을에서 어머니와 함께 살게 된다. 노르망디의 전원생활로부터 내적인 행복감을 경험하면서 어린 시절을 보내게 된 모파상은 자연 속을 거닐고 사색하는 것을 매우 즐겼다. 9세에 나폴레옹 학교를 다니다가 13세부터 이부트 신학교에서 기숙사 생활을 하게 된다. 그러나 엄격한 가톨릭 교육으로부터 종교에 대한 적대감을 갖게 되고 규율적인 생활에 적응하지 못하여 16세에 신학교에서 퇴학당한다. 그후 모파상은 루앙에서 고등학교를 다니면서 시를 쓰고 희극 작품에 참여한다. 서신 교류를 통해서 만난 시인, 루이 부이에Louis Bouilhet로부터 시인으로서의 데뷔를 격려받기도 하였다. 19세에 법학을 공부하러 파리로 갔으나, 전쟁으로 그의 계획은 뒤죽박죽이 된다. 1870년 20세에 보불전쟁이 일어나자 유격대에 지원하여 전쟁을 경험하게 되며, 전쟁은 그의 여러 작품에 주요한 소재와 테마가 된다.

1871년부터 그는 생계를 영위하기 위해서 해군성과 문부성에서 10년 동안 일하면서 관료사회를 관찰할 수 있는 기회를 갖게 된다. 그러나 하루 종일 계산만 하여 머리가 텅 비어 버린 것 같다, 아무것도 쓸 수 없다고 불평하다가, 스스로 '관청의 희생물'이라는 관료생활을 접고 작가로서의 길을 걷게 된다. 결국 그도 센 강변에 있는 변두리 술집을 출입하면서 보트놀이와 같은 당시의 속물적인 생활에 젖어 살아간다. 센 강에서의 뱃놀이는 후에 지중해를 항해하는 즐거움으로 연결되며, 루앙이나 노르망디 해안과 함께 모파상의 물질적 상상력의 원동력이 된다.

관직에 있었던 1871년부터 1880년 사이에 「벽」*Le Mur*, 「물가에서」*Au bord de l'eau*와 같은 시를 발표하고, 특히 이 시기에 어머니의 어릴 적 친구인 플로베르의 영향을 받게 된다. 플로베르는 모파상의 보호자이자 문학적 멘토로서, 그를 처음으로 잡지 기고와 문학으로 인도한 장본인이다. 일요일마다 방문한 플로베르 집에서, 모파상은 러시아 소설가인 이반 투르게네프, 에밀 졸라와 더불어 자연주의파와 사실주의파에 속하는 많은 작가들을 만나게 된다. 플로베르는 모파상으로 하여금 새로운 시선으로 현실을 관찰하도록 가르쳤으며, 나아가서는 그에게 그만의 독특한 문체를 꾸준히 연습할 것을 요구했다. 또한 이 시기에 모파상은 『르 피가로』, 『르 골루아』, 『에코 드 파리』 같은 중요한 신문에 기사를 쓰기도 했다.

1880년에 그는 파리 외곽에 있는 졸라 집에서 만난 위스망, 세아르, 에니크, 알렉시스 등 6명의 젊은 작가들과 함께 보불전쟁을 다룬 단편집 『메당의 야화』*Les Soirées de Médan* 속에 「비곗덩어리」*Boule de Suif*를 발표하게 된다. 이 작품은 그에게 첫번째 성공을 안겨다 주었고, 나아가서는 작가로서의 자질을 깨닫게 해주는 중요한 계기를 마련해 주었다. 모파상에게 늘 행복감을 안겨 주었던 고향을 배경으로 한 이 작품은 인간 내면에 잠재된 이중의식이 극한 상황 속에서 드러나게 되는 현실세계를 다루고 있다. 멸시를 받아 온 '비계 덩어리'라는 창녀와, 의원 부부, 상인 부부, 백작 부부, 수녀, 청년 등 사회 모든 부류의 인간들이 프러시아의 점령 하에서 드러내는 속성을 세심하게 묘사한 이 소설을 플로베르는 극찬한다. "구상이 독창적이고 문체가 매우 뛰어나고 등장인물의 성격도 명확하며 심리묘사도 탁월하다. 이 작품은 반드시 길이 남을 것이다."

1880년부터 1891년까지 300편 정도의 중·단편과 6편의 장편소설이 발표된다. 이 10년 동안이 모파상에게 있어서 문학적으로 매우 중요하고 풍요로운 시기였고, 그의 재능을 마음껏 발휘할 수 있었으며, 나름대로의 좋은 평가를 받을 수 있었던 시기이다.

1881년에 창녀가 성체 예배에 임하는 내용의 중편소설, 『텔리에 관』*La Maison Tellier*이 출판된다. 「비곗덩어리」 이후에 모파상을 유명한 사실주의 작가로 만들어 놓은 이 중편소설은 2년 동안 12판이나 인쇄되었다. 이 작품과 함께 『피피 양』*Mademoiselle Fifi*, 1882, 『베카스 이야기』*Les Contes de la Bécasse*, 1883와 같은 작품들은 신랄하고 풍자적인 재치로 넘치는 건조한 이야기를 제공한다. 특히 『피피 양』은 모파상을 유명하게 만든 테마인 전쟁과 매춘, 방탕한 생활, 기괴한 모습, 죽음에 대해서 질문을 던진 작품이다. 또한 독자들은 그 작품 속에서 종교를 공격하고자 하는 욕망, 부르주아적인 선입견, 여성에 대한 불성실 등과 같은 테마를 만나게 된다. 『의자 고치는 여인』*La rempailleuse*, 1882에서 작가는 사랑이 마치 부유한 사람들만의 특권인 것처럼 여기는 부류의 의식을 비틀며 가난한 여인의 순정을 비참하게 묘사한다.

프랑스 사실주의 문학이 낳은 걸작 중에 하나로 평가받는 『여자의 일생』*Une vie*, 1883은 1년도 채 안 돼서 2만 5천 권이나 팔렸다. 톨스토이는 이 책에 대하여 "『레미제라블』*Les Misérables* 이후에 프랑스에서 가장 위대한 작품"이라고 높이 평가했다. 『여자의 일생』은 잔이라는 여성이 줄리앙이라는 남성과 결혼한 후에 무조건 순종하고 한없이 인내하며 숙명적으로 살아가야 하는 인생 이야기이다. 루앙이라는 장소를 배경으로 하여 시골 귀족계급의 속성에 대해서도 사실적으로 그려진다. 「목걸이」*La Parure*, 1884는 파티에 나가기 위해 빌린 목걸이를 잃어버리고 빚을 얻어 다른 것을 사주고 온갖 고생으로 돈을 모아 빚을 청산한 순간에 그 진주목걸이가 가짜라는 사실이 밝혀지는 내용이다. 이 단편소설은 파리라는 모든 사람의 관심을 집중시키는 무대에서 펼쳐지고 있으며, 모든 대중이 관심을 갖고 있는 숙명, 서스펜스, 통속극의 요소를 지닌다.

『여자의 일생』이 영국, 독일 등에서 번역되고, 이름이 세계적으로 알려지고 재산이 모이면서 모파상은 '기렛트'라는 별장을 지어 살면서, 『벨 아미』*Bel Ami, 1885*를 완성한다. 철도회사에 다니던 잘생긴 뒤루아가 파리의 신문기자가 되어 여배우나 과부를 유혹하여 상류사회로 진출하여 성공하는 내용의 이 장편소설은 4달 동안 37판이나 출판하는 커다란 성공을 거둔다. 자본주의와 정치, 신문 사이의 밀접한 관계가 드러나고, 그 속에서 세속적인 삶을 즐기는 여인들의 영향력과 나아가서는 파리 언론계의 실상이 매우 세밀하게 그려져 있다. 모파상이 "벨 아미는 바로 나"라고 말하였듯이, 자전적인 경향의 이 소설에서 실제로 그의 애인들을 모델로 한 여성이 등장하고, 그가 연애하던 파리의 몽소 공원이 바로 벨 아미의 밀회 장소로 등장한다. 모파상의 대표적 사실주의 소설로 평가되는 이 소설은 세계의 영화감독이나 시나리오 작가들에게도 가장 매력적인 작품 가운데 하나로 선정될 수 있을 것이다.

1888년에는 네번째 장편, 『피에르와 장』*Pierre et Jean*이 출판된다. 자연주의 경향의 이 소설에는 파리의 프티 부르주아의 삶

이 반영된다. 의사와 변호사로 사이 좋던 형제가 갑작스러운 유산 문제로 어머니의 애인과 출생의 비밀이 밝혀지고, 한 여인을 서로 사랑하다 각각 상처를 입게 되는 이야기이다. 또 다른 장편소설인 『몽토리올』*Montoriol*, 1887에서는 세속적인 삶과 더불어 모리배들의 생활이 펼쳐진다. 『죽음처럼 강한』*Fort comme la Mort*, 1889에서는 사랑과 질투의 심리 묘사가 매우 섬세하고 리얼하다. 독신 화가 베르탱이 백작 부인의 초상화를 그리다가 그녀를 사랑하게 되고, 그녀의 딸까지 사랑하다가, 그 딸의 결혼으로 결국 비관하여 자살하는 이야기이다. 1890년에 출간한 『우리들의 마음』*Notre Coeur*은 모파상의 마지막 여섯번째 장편소설로서 파리의 세속적인 상류 생활과 그곳에서 전개되는 사랑을 담고 있는 작품이다.

이와 같은 소설들의 성공은 노르망디 출신인 모파상을 상류 사회에 발을 들여놓는 것을 가능케 하였다. 그의 마지막 소설들은 그 화려한 세계의 삶을 묘사하려고 했고, 많은 여성들을 사랑하면서 받은 고통으로부터 영감을 얻은 작품들이라고 할 수 있다. 그러나 세월이 흘러갈수록, 사회에 대한 혐오와 그의 허약한 건강 상태가 모파상을 은신하게 만들었고, 그로 인해 그는 고독과 명상을 즐길 수밖에 없게 된다. 그는 죽음의 공포에 시달리며 이 강박관념에서 탈피하고자 오랫동안 알제리, 이탈리아, 영국, 브르타뉴 지방, 시칠리아, 오베르뉴 지방 등으로 여행한다.

'벨 아미호'라고 이름 지은 요트를 구입하여 칸, 아가이, 생트로 페 등 지중해변을 유람하면서 행복을 느낀다는 모파상은 특히 쪽빛 바다에 쏟아지는 태양을 사랑한다. "전율하고 싶은 욕망 없이, 영혼 속에 긴 여행에 대해 전율하는 갈망을 일깨우지 않고 빛을 볼 수 있는가?"

여행할 때마다 그는 여러 신문사에 기고한 르포르타주를 비 롯하여, 『태양 아래』*Au Soleil*, 1884, 『물 위에』*Sur l'eau*, 1888, 『방랑생 활』과 같은 산문집을 집필한다. 매우 일찍부터 모파상은 신경통 으로 고통을 받아 왔는데, 1884년 이후로는 정신적 과로와 육 체적 무절제로 인해 그의 병은 점점 더 악화되어 갔다. 그의 고 통에 시각적 환영이 더해져서, 그는 그의 옆에 신비롭고 적대적 인 존재가 있다고 느꼈으며, 우리는 모파상에게서 고독에 대한 과장된 사랑과, 병을 감추려고 하는 본능, 죽음에 대한 항구적 인 두려움이 펼쳐지고 있음을 볼 수 있다. 또한 그에게는 편집증 이 있었다. 이는 우울증세를 보인 어머니와 정신이상으로 죽은 동생으로 생길 수 있는 가족력과 젊은 시절에 걸린 그의 매독에 서 기인하고 있다고 볼 수 있다. 그의 여러 작품에서 광기, 우울 증, 편집증, 환각증이라는 단어가 빈번한 것도 이와 무관하지 않 을 것이다. 그의 삶 말년에 집필한 30편 정도의 단편들은 고통, 보이지 않는 환각, 자살에 대한 영감을 받고 집필한 작품들이다. 특히 『오를라』*Le Horla*, 『그 사람?』*Lui?*, 『머리털』*La chevelure*, 『에르

메 양』*Mademoiselle Hermet* 등의 소설은 "광기가 나를 사로잡는다"
는 표현으로 시작된다.『오를라』는 그의 첫번째 공상소설 중에
하나이다. 미완성된 일기 형식으로, 일기의 주인이 정신착란에
빠지는 것을 묘사한 이 소설은 바로 작가의 정신착란 초기 증세
를 시사해 주는 작품이다.『누가 알겠는가』*Qui sait?,* 1890는 집안
의 가구들이 갑자기 사라지는 것을 지켜본 남자가 골동품가게
에서 그 가구를 발견하여 도난 신고를 하지만, 그것들이 자신의
집에서 다시 발견되자 정신병원에 강제 수용되는 이야기로 공
포의 전율을 느끼게 한다.

1891년 모파상은『삼종기도』*L'Angélus*를 쓰기 시작했으나, 끝
내 완성하지 못한다. 그 해 12월에 카잘리라는 의사에게 편지를
쓴 것이 그의 마지막 글이다. 1892년 자살을 시도하지만 그의
곁에서 10년 동안 시중을 든 하인 프랑수아에 의해서 실패하고,
파리의 정신병원에 입원하게 된다. 마침내 모파상은 1893년 7
월 6일, 43세의 나이로 삶을 마치고 파리의 몽파르나스 공동묘
지에 묻혔다. 1897년에 모파상의 동상이 파리 몽소 공원에 세워
졌고, 1900년에 루앙시 솔페리노 광장에 있는 플로베르 동상 부
근에 그의 흉상이 조성되었다.

철학적인 절망 속에서, 모파상은 플로베르보다 더 멀리 비관
적으로 세상을 바라본다. "지구상에 지나갔던 꿈의 가장 위대한
약탈자"라는 쇼펜하우어의 제자이기도 한 그는 삶 속에서 어떠

한 확신에 영감을 불어넣어 줄 수 있는 모든 것을 비난한다. 그는 신을 부인하고, 신이 행한 일에 대해 무지한 것으로 신을 간주하고, 종교를 사기라고 공격한다. "우주는 알 수 없는 맹목적인 힘의 폭발이다. 인간은 다른 동물보다 간신히 우월한 동물이다. 진보는 단지 망상이다"는 주장에서 그의 세계관을 엿볼 수 있다. 인간들이란 서로서로를 이해할 수 없는, 고독한 운명에 처한 존재이기 때문에 우정조차도 그에게는 가증스러운 사기처럼 보인다고 한다. 그의 비관주의는 『물 위에』에서 엿볼 수 있다. "왜 사는 것이 이렇게 고통스러운 것인가?" "나는 글을 쓴다. 왜냐하면 나는 존재하는 모든 것에 대하여 이해하고 고통스러워하고, 나는 그러한 것을 너무 많이 알고 있기 때문이다."

이러한 비관적 상념은 그의 작품을 쓰게 만드는 원동력이 되고, 철저하게 분석하고 연구하는 작가로 만들게 된다. 어쩌면 그에게 삶의 의미를 부여하는 것이었을지도 모른다.

모파상은 이야기의 줄거리(사냥 이야기, 외설스러운 우화, 농부의 익살, 빗나간 사랑, 파리의 다양한 사건) 이상으로, 도시생활, 부르주아 또는 고용인들과 관계되는 여러 형태의 것들, 풍습, 주변에 대한 진정한 묘사에 관심을 가졌다. 그는 각각의 사물 속에서 "사람에 의해서 볼 수 없고 말할 수 없는 형태"를 발견하기 시작했다. 외부의 사실적인 묘사에서 내적 진실을 발견하는 작업이다. 그것은 사실이라는, 인간의 약속된 모든 환상에서 깨어나는 독자적인 환상을 창출하는 것이다. 진정한 사실주의자란 환상가이며, 위대한 예술가는 우리에게 자신의 독창적인 환상을 강제로 보여 주는 사람이라는 것이 그의 소설론이다.

모파상은 그의 모든 감각을 통해 자신의 삶을 구별짓기를 원했다. 가장 특징적인 것을 선택하면서, 그는 문체의 단순함과 뛰어난 절제로 삶 자체의 움직임, 색깔, 톤, 모습을 창조하려고 했던 것이다. 이와 같은 "선택적이고 풍부한 진리"의 탐구는 고전 전통과 다시 관계를 맺게 만든다. 소설가의 목표는 독자들을 재미있게 감동시키려는 데에 있는 것이 아니라, 이야기 사건 내부에 깊이 감춰져 있는 의미를 생각하게 하고 이해시키는 데 있다고 피력하는 모파상의 작가관이 새삼스럽지 않은 이유이다.

자신이 경험하고 느껴보지 않은 것은 절대 완벽하게 묘사할 수 없기나 하듯이, 다양한 테마의 작품들 곳곳에서 우리는 모파상이 온몸으로 써내려 간 흔적을 발견하게 된다. 세계적인 작가로서 명성을 남겼음에도 불구하고 그의 사생활에서 축복받지 못한 삶을 살게 된 이유 또한 이와 무관하지 않을 것이다.

명확하고 논리적이며 간결한 언어를 구사는 모파상이 자신을 예견했던 글귀가 긴 여운을 남긴다. "나는 혜성처럼 문학에 들어왔고 벼락처럼 거기서 사라질 것이다."

기 드 모파상 연보

1850 8월 5일, 노르망디 미로메닐 성관에서 출생.

1860 양친 별거(12년 후 이혼). 어머니 로르는 두 아들인 기(Guy)
와 에르베(Hervé)와 함께 에트레타에 살았다.

1867 이부트 신학교를 중퇴하고 잠시 루앙에 거주.

1868 루앙의 학교에 입학. 시인 루이 부이에가 그의 후견인이 됨.
부이에는 플로베르의 친구이자 일찍 세상을 떠난 모파상의
외삼촌 알프레드 르 푸아트뱅의 친구로서, 알프레드를 기리
는 마음으로 모파상을 친절하게 받아 주었다.

1869 7월 18일, 루이 부이에 사망. 루앙의 코르네유 중학교에서
대학입학 자격시험에 합격.

1870 프러시아와의 전쟁 개시. 유격대의 일원으로 참전, 12월 프
러시아군이 루앙을 침입하여 패전군과 함께 퇴각하였다.

1871 심한 염전(厭戰) 사상과 문학에 대한 열망을 품고 제대.

1872 해군성에 취직하여 파리에 상경. 일요일마다 플로베르를 찾
아가 문학수업을 받음.

1874 플로베르의 소개로 에밀 졸라와 공쿠르 형제를 알게 됨.

1875 조제프 프뤼니에라는 가명으로 「살갗이 벗겨진 손」 발표.

1876 『문학공화국』지에 게재(3월 20일)된 시 「물가」로 시적 재능을 인정받았다. 10월 22일에는 같은 잡지에 「귀스타브 플로베르 연구」를 발표하였다.

1878 플로베르의 덕으로 해군성에서 문교성으로 전근한다.

1879 11월 『근대 자연주의 평론』지에 시 「어느 창녀」 게재. 검찰청이 공중도덕 훼손으로 소환하였으나, 다음 해 2월 공소기각 결정. 「비곗덩어리」 집필.

1880 3월 「비곗덩어리」 발표. 안질을 주요 증상으로 하는 신경증이 심하게 찾아옴. 5월, 플로베르 사망.

1881 5월, 최초의 단편집 『텔리에 관』 출간.

1882 단편집 『피피 양』 출간.

1883 『여자의 일생』을 『질 브라스』지에 연재. 완결 후 단행본 출간. 톨스토이에게도 인정을 받고 세계적인 명성을 얻다.

1887 병세 악화. 장편 『몽토리올』, 단편집 『오를라』 출간. 장편 『피에르와 장』 집필.

1888 단편집 『위송 부인의 장미나무』, 기행집 『물 위에』 출간. 『죽음처럼 강하다』 집필.

1891 미완성될 『삼종기도』 집필 시작. 발작이 점차 자주 나타남.

1892 1월 1일 니스에서 자살을 시도. 파리 블랑시 박사의 정신병원에 강제 입원.

1893 7월 6일, 사망. 7월 8일 몽파르나스 묘지에 안장.

작가가 사랑한 도시 시리즈

100년 전 도시에서 만나는 작가들의 특별한 여행 그리고 문학!!

01 플로베르의 나일 강 귀스타브 플로베르 지음, 이재룡 옮김
스물여덟 살의 플로베르가 돛단배로 떠난 넉 달 간의 나일 강 여행! 편지로 어머니에게는 나태와 노곤함을, 친구에게는 동방의 에로틱한 밤을 전한다. 훗날 『보바리 부인』에 재현될 멜랑콜리와 권태의 원천이 되는 감각적인 기행문!!

02 뒤마의 볼가 강 알렉상드르 뒤마 지음, 김경란 옮김
1858년, 대문호 알렉상드르 뒤마가 러시아의 변경 볼가 강 유역을 방문한다. 당대 최고의 여행가의 펜 끝에서 펼쳐지는 칭기즈칸의 후예 칼미크족의 유목 생활과 풍습 그리고 그들의 왕성에서 열린 축제까지, 말 그대로 여행문학의 향연이 펼쳐진다!!

03 쥘 베른의 갠지스 강 쥘 베른 지음, 이가야 옮김
코끼리 모양의 증기 기관차를 타고 힌두스탄 정글을 가로지르는 영국군 퇴역대령과 프랑스인 친구들. 성스러운 갠지스 강 순례 도시들의 유적과 힌두교도들의 풍습이 당대를 떠들썩하게 한 세포이 항쟁의 정황과 함께 어우러진 독특한 모험소설!!

04 잭 런던의 클론다이크 강 잭 런던 지음, 남경태 옮김
알래스카 남쪽 클론다이크 강 유역에 금을 찾아 모여든 인간들. 차디찬 설원의 밤, 사금꾼들의 숙박소로 의문의 남자가 피를 흘리며 찾아든다. 야성의 본능만이 투쟁하는 대자연에서 전개되는 어긋난 사랑과 파멸. 섬뜩하면서도 매혹적인 독특한 여행소설!!

05 모파상의 시칠리아 기드 모파상 지음, 어순아 옮김
프랑스 문단의 총아 모파상은 우울증이 심해질 때마다 여행을 떠난다. 시칠리아에 도달한 그가 마주한 것은…… 고대 그리스 신전과 중세의 고딕 성당, 화산섬 특유의 용암 풍광 등 자연과 예술이 하나 된 곳, 모더니티의 유럽인들이 상실해 가는 지고의 아름다움이었다.

06 뮈세의 베네치아 알프레드 드 뮈세 지음, 이찬규·이주현 옮김
베네치아를 무대로 천재화가이자 도박자 티치아넬로와 베일에 싸인 연인 베아트리체가 벌이는 사랑의 사태와 예술적 영혼들에 관한 성찰! 낭만주의 시인 뮈세와 소설가 조르주 상드의 "빛나는 죄악" 같은 사랑에서 탄생한 한 폭의 바람 세잔 풍경 같은 예술소설!!

07 에드몽 아부의 오리엔트 특급 에드몽 아부 지음, 박아르마 옮김
1883년 10월 4일, 당대 최고의 여행작가 에드몽 아부가 국제침대차회사의 초대로 오리엔트 특급 개통기념 특별열차에 탑승한다. 최신식 침대차의 호화로움과 파리에서 터키 이스탄불 사이의 여정이 상세하면서도 역동적으로 묘사된 여행 에세이의 백미!!

08 폴 아당의 리우데자네이루 폴 아당 지음, 이승신 옮김
19세기에 이미 전기 설비가 완성된 '빛의 도시' 리우. 폴 아당은 놀라운 속도로 개발되는 도시 외관과 아름다운 자연에 눈을 빼앗기면서도, 브라질 사람들의 순박하면서도 아름다운 생활상을 발견해 내는 아나키스트 작가의 면모를 숨김 없이 보여 준다.

09 라울 파방의 제1회 아테네 올림픽 라울 파방 지음, 이종민 옮김

제1회 올림픽이 열린 아테네에 『주르날 드 데바』지의 특파원 라울 파방이 도착한다. 기자다운 정확성으로 생생히 재현되는 IOC 창설 과정, 근대 올림픽 개최를 둘러싼 갈등, 각종 경기장들의 건립 상황 등 올림픽 뒤 숨겨진 이야기들!!

10 라마르틴의 예루살렘 알퐁스 드 라마르틴 지음, 최인경 옮김

'평화의 도시' 예루살렘. 유대교와 기독교, 이슬람교가 각축한 복잡한 역사를 고스란히 담고 있는 이 성소로 낭만주의 시인 라마르틴이 병든 딸과 여행을 떠난다. 시인의 내면 깊이 간직된 신앙심과 자연에 대한 애정이 이 도시를 바라보는 시선에 그대로 배어 있다.

*〈작가가 사랑한 도시〉 시리즈는 계속됩니다!

지은이 **기 드 모파상**(Guy de Maupassant)

1850년 노르망디 미로메닐 출생으로, 1869년부터 파리에서 법률 공부를 시작했으나 1870년에 보불전쟁이 일어나자 군에 자원입대했다. 전쟁이 끝난 후 1872년에 해군성 및 문부성에서 근무하며 플로베르에게서 문학 지도를 받았고, 1874년 플로베르의 소개로 에밀 졸라를 알게 되면서 당시의 젊은 문학가들과도 친분을 쌓았다. 1880년 6명의 젊은 작가가 쓴 단편모음집 『메당의 야화』에 「비곗덩어리」를 발표하면서 명성을 얻기 시작했다. 그후 『텔리에 관』, 『피피 양』 등의 단편집을 비롯하여 약 300편의 단편소설과 기행문, 시집, 희곡 등을 발표했다. 또한 『벨 아미』, 『피에르와 장』 등의 장편소설을 썼으며, 그 중 1883년에 발표한 장편소설 『여자의 일생』은 프랑스 사실주의 문학이 낳은 걸작이라는 평을 받았다. 작품으로 명성을 얻으면서도 신경질환 및 갖가지 질병에 시달렸고, 1891년에는 전신마비 증세까지 보이기 시작했다. 1892년 자살기도를 한 후 정신병원에 수용되었으나 끝내 회복되지 못하고 이듬해인 1893년 43세를 일기로 생을 마감했다.

옮긴이 어순아

성신여자대학교 불어불문학과 졸업 후, 홍익대학교에서 『쌩떽쥐뻬리의 소설 연구: '집'의 이미지를 중심으로』로 박사학위를 취득하고, 현재 성신여자대학교 불어불문학과 교수로 재직하고 있다. 연구 논문으로, 「쌩떽쥐뻬리 작품에서의 주제변화에 대한 고찰」, 「생떽쥐뻬리의 『어린 왕자』에 대한 한국인의 이해」, 「로브 그리예의 『엿보는 사람』에 나타난 오브제의 이미지」, 「고다르의 '미녀갱 카르맨'에서 현실성과 추상성의 대립 양상」 등이 있으며, 저서로, *Lecture facile du francais*(2005), 『프랑수아 트뤼포의 400번의 구타』(공저, 2008), 역서로 『꼬마 악마의 꿈』(*Le Petit Diable*, 공역, 1989), 『여인들의 학교』(*L'école des femmes*, 2003) 등이 있다.